暗闇剣 白鷺

剣客相談人 19

森 詠

時代小説

二見時代小説文庫

目次

第一話　花見の宴　7
第二話　暗闇剣始末　71
第三話　隠れ家を捜せ　147
第四話　上野寛永寺の決闘　218

暗闇剣　白鷺——剣客相談人19

暗闇剣 白鷺　剣客相談人19・主な登場人物

若月丹波守清胤《わかつきたんばのかみきよつぐ》……故あって一万八千石の大名家を出奔《しゅっぽん》、大館文史郎《おおだてぶんしろう》の名で剣客相談人となる。

篠塚左衛門《しのづかさえもん》……清胤が徳川親藩の支流の信濃松平家の三男坊・文史郎の時代からの傅役《もりやく》。

大門甚兵衛《だいもんじんべえ》……安兵衛店《やすべえだな》に住む浪人。さる大藩を脱藩した黒髭の大男。無外流《むがいりゅう》免許皆伝。

弥生《やよい》……大瀧《おおたき》道場の女道場主。文史郎に執拗に迫り相談人の一員に加わる。

小島啓悟《こじまけいご》……南町奉行所の若い同心。

忠　助《ちゅうすけ》……小島啓悟の配下の岡っ引き。

末松《すえまつ》……忠助親分の配下の下っ引き。

高井周　蔵《たかいしゅうぞう》……隠密廻《おんみつまわ》り同心を率いる組頭《くみがしら》。与力で南町奉行所随一の剣の達人。

千吉《せんきち》……殺された南町奉行所の高井の下で働いていた岡っ引き。

桜　井静馬《さくらいしずま》……南町奉行所の与力頭《がしら》。

旭　屋誠ヱ衛門《あさひやせいえもん》……抜け目がなく遣り手と言われる新興の船問屋。

由比伝次郎《ゆいでんじろう》……隠密廻り同心・木島幹之信《きじまみきのしん》の協力者。尊皇攘夷派を内偵。

小宮山玄蕃《こみやまげんば》……覆面で顔を覆い、ただならぬ剣気を放ち浪人を率いる男。

坂脇豪衛門《さかわきごうえもん》……川越藩の要路にして開元流という剣法の遣い手だった。孤児に剣を仕込む。

井上　九之介《いのうえきゅうのすけ》……由比伝次郎から花魁《おいらん》の皐月《さつき》に託された血判状の筆頭に名のあった男。

第一話　花見の宴

一

春爛漫《らんまん》。

隅田川《すみだがわ》の堤《つつみ》、隅田堤には江戸湾からの暖かい風が吹き寄せている。

南町奉行所の定廻《じょうまわ》り同心小島啓伍《こじまけいご》は、懇意にしている茶屋の店先の縁台に座り、名物のだんごを食べながら、花見見物をする男や女たちの人波を眺めていた。

隅田堤、または墨堤《ぼくてい》に植えられた百本以上の桜が一斉に花を咲かせる。

この季節、墨堤には江戸市中から、老若男女、武家から町家の庶民まで、大勢が押し寄せ、満開の桜見物に興じるのだ。

小島は桜の季節が嫌いではない。

いつもは奉行所の薄暗い執務部屋で、文机《ふづくえ》に向かい退屈極まりない文書の作成ばかりやらされている。

それが、この桜の季節には、上役から外回りを命じられるので、仕事にかこつけ、茶屋の店先で日がな一日、のんびりと過ごすことができるのだ。

桜はまだ蕾《つぼみ》混じりの五分咲きだったが、温かい陽射しに照らされて、枝枝の花はここぞとばかりに咲き誇り、あたかも満開になったかのように見える。

小島は串だんごの最後の一個を口で引き抜いて頬張った。

目の前を、この日のためにと、桜の花と競うかのように、華やかに着飾った町家の娘たちが笑いさざめきながら歩いていく。

小島は目を細めて娘御たちを見送りながら、茶屋の仲居が注いでくれた焙《ほう》じ茶《ちゃ》を啜《すす》った。

ふっと、どこかでただならぬ声が起こったように思った。あたりを見回したが、見物客たちの流れに乱れはなく、何ごともない。

小島は湯呑み茶碗を口に運び、春風が運ぶ花の香りに鼻をひくつかせた。

「小島の旦那!」

堤の通りを下っ引きの末松《すえまつ》が、人込みの間を縫って駆けてくるのが見えた。

末松は堤の土手を転がるようにして、茶屋にいた小島の前に駆け込んだ。

「て、てえへんです」

「どうした、末松？」

「……与力の高井《たかい》様の土左衛門《どざえもん》が上がりました」

「なんだと？　高井殿が」

与力の高井周蔵《しゅうぞう》は、小島の直接の上司ではないが、隠密廻《おんみつまわ》り同心を率いる組頭《くみがしら》であった。

小島は傍らに置いた刀を引っ摑み、立ち上がった。懐《ふところ》から小銭を出し、縁台に置いた。

「女将《おかみ》、勘定を払うぞ」

「はーい。まいどありがとうございます」

仲居が店の中から飛び出して来て礼をいった。

「末松、どこだ？　案内《あない》せい」

「へい。こっちでやす」

小島は先を駆ける末松を追って、土手を駆け上った。

「どいたどいた」

末松は尻端折《しりはしょ》りし、片手に十手《じって》を掲げて走る。見物客たちは、時ならぬ騒ぎに慌てて退いて、末松と小島に道を開けた。

末松は堤を上流の方角に駆けて行く。

右手の土手下に掘割が見え、そこに人だかりができていた。

堤の上から野次馬の花見客たちが、恐る恐る下を覗いている。

「どいたどいた。見世物じゃねえ。さあさ、どいてくんな」

末松は十手を振り回して、野次馬たちを追い払いながら土手を下る。小島も刀を携え、末松について土手を駆け降りる。

先に来ている同心や目明かしの忠助《ちゆうすけ》親分や下っ引きたちが屯《たむろ》し、遺体を岸辺に引き揚げていた。

「おう、小島の。来たかい」

遺体に屈み込んで検分していた同心の諸田琢巳《もろたたくみ》が顔を上げて小島に顔を向けた。諸田は、小島の先輩になる同心だ。

「こうなっちゃあ、おしめえだな。おめえも、せいぜい用心しな」

諸田は遺体の顔を小島に見せた。遺体の顔は血の気なく青白で、口を半開きにしたように見えた。

「やはり、高井さんですか。高井さんほどの腕の立つ人が……」

与力の高井周蔵は、神道無念流《しんとうむねんりゅう》皆伝《かいでん》を受けている。町方奉行所の与力同心の中で随一の剣の達人だった。そのため、隠密与力として、江戸市中で悪の取り締まりにあたっていた。

「溺死《できし》じゃないようですね？」

土左衛門は何体も見ている。水を含んだ遺体はぱんぱんに膨れている。高井の遺体は、そんな様子はまったくない。

「小島の。見ろよ、この斬り口の見事なこと。惚れ惚れするわな」

諸田は十手の先で高井の遺体の喉元を指した。喉元が真横に斬られ、まるでもう一つの口のようにぱっくりと開いていた。

「斬られて掘割に放り込まれたか、あるいは斬られて掘割に転がり落ちたかだ」

「諸田さん、先の侍の死体と同じ手口ですね」

「ああ。ちげえねえ」

「高井さんは、あの侍の身許を調べていたのでしょう？」

「うむ。高井殿はきっと先の下手人《げしゅにん》にばったり遭って、返り討ちにあったっていうところだな」

小島は遺体の傍らにしゃがみ込んだ。合掌して弔《とむら》った。

「南無阿弥陀仏《なむあみだぶつ》。極楽往生《ごくらくおうじょう》」

小島は念仏を唱え終わると、あらためて遺体を調べた。懐を探り、指で財布を摘み出した。

いつもの黒い着流しに、白い襟の襦袢《じゅばん》。斬られた箇所は喉の一ヶ所だけで、ほかに傷を受けている様子はない。

着物には、折からの桜の花弁がそこかしこに付いていた。

喉一文字の斬り傷は、三日前の侍の遺体と寸分《すんぷん》も違《たが》わず、同じだった。

「先の侍の殺しの下手人を探索しているうちに、与力が斬られたとあっては、お奉行もかんかんになるだろうぜ」

「高井さんは、どこで何を調べていたんですかね？」

「御供は誰が付いていたんだ？」

諸田は周囲の岡っ引きたちに怒鳴った。

「高井さんには、たしか深川《ふかがわ》の千吉《せんきち》親分が御供していたはずでさあ」

忠助がみんなを代表していった。諸田が怒鳴った。

「千吉は、どこにいる？」

岡っ引きたちは、互いに顔を見合わせた。

堤の上には、大勢の花見客が眉をひそめ、肩を寄せ合って話し合いながら、こちらを覗き込んでいる。

小島は忠助親分にいった。

「このまま、晒《さら》し者にしておいては可哀想だ。菰《こも》と戸板を用意しろ」

「へい。分かりやした。末松、菰を持って来い。それに戸板だ。戸板を近くの番所から調達して来い」

忠助親分は下っ引きの末松に命じた。

「へい。ただいま」

末松は飛び上がり、土手を駆け上がった。

「どいたどいた。見世物じゃねえぜ」

野次馬を掻き分け、どやしつける末松の声が響いた。諸田がいった。

「小島の。高井さんには隠密廻り同心も何人か下で動いていたはずよな」

「はい」

「おめえ、与力頭《がしら》の桜井《さくらい》さんのところへ行って、このことを報告して来な。隠密廻り同心の誰がいっしょだったか、きいて来い。俺は千吉を捜して、高井殿が殺される前に、何を調べていたのか、心当たりをあたってみらぁ」

「分かりました。では、あとをよろしく」

小島はうなずき、諸田に頭を下げた。踵《きびす》を返し、忠助親分に顎をしゃくった。

「親分、奉行所へ戻るぞ。参ろう」

二

安兵衛店《やすべえだな》にも、春は巡ってきた。

長屋の殿様こと若月丹波守清胤《わかつきたんばのかみきよつぐ》改め大館文史郎《おおだてぶんしろう》は、前夜から長屋の住人たちが、うきうきして落ち着かない様を静かに見守っていた。

本日は裏店《うらだな》の亭主たちが揃って仕事を休み、長屋の住人みんなで隅田堤にお花見に行こうとなったのだ。

おかみさんたちは暗いうちから起き出し、ご飯の炊き出しやら、おにぎりや稲荷寿《いなりず》司《し》を作り、煮しめや漬物を重箱《じゅうばこ》に詰めて、お花見の用意をしている。

亭主たちはといえば、精吉《せいきち》や市松《いちまつ》が代表となって早朝から、大家《おおや》の安兵衛のところに押し掛け、平身低頭して酒代をせしめたり、みんなでなけなしの金を出し合い、酒屋に酒を買い出しに行ったりしている。

もちろん、文史郎たちも長屋の住人として、酒代、昼の弁当代を出している。

「殿、いいですなあ。こうしてなんの気がねもなく無礼講《ぶれいこう》で、長屋の人たちとお花見ができるというのは」

爺《じい》こと左衛門《さえもん》がしみじみとした口調でいった。

「そうだな」

文史郎も同感だった。

那須川《なすがわ》藩邸でも、春の季節には決まって奥たちの主催で、お花見が行なわれた。しかし、決まって、お花見の場所の選定で揉《も》め、さらに場所が決まっても、奥方をはじめ側室《そくしつ》や女御《にょうご》の座席の序列がどうの格式がどうのと、どうでもいいことで揉める。

料理にいたっては、見かけこそおせち料理のように豪華で美しく見栄えはするものの、味は不味《まず》い。あまり食欲を湧かせるものではない。

酒とて堺《さかい》からの下《くだ》り酒とはいうが、文史郎は、庶民が居酒屋で飲んでいる濁酒《どぶろく》の方がはるかに旨《うま》いように感じている。

なにより、酒宴で身分の分け隔《へだ》てなく、和気《わき》あいあい、無礼講で飲み、かつ笑ったり歌ったり、踊ったりするのがなによりも幸せに思うのだった。

右隣のお福《ふく》の長屋から、うれしそうな子供たちの笑い声がきこえる。左隣のお米《よね》の長屋からは、近所のおかみさんたちが楽しそうに話をしながら、弁当作りをしている気配が伝わってくる。

「殿、お出かけの用意はできましたか？」

大門甚兵衛《だいもんじんべえ》の声がきこえた。

油障子戸ががらりと引き開けられ、大門の髯面《ひげづら》が出入口に現れた。

左衛門はあきれ顔でいった。

「大門殿、そう急がなくてもよかろうに。桜は逃げては行きませんぞ。それに、花の見ごろはまだ先ということではござらぬか」

「爺様、甘いな。桜の花は、女子《おなご》と同じ。若咲きがいいのでござるぞ。花も三分咲き、五分咲きのころが、花の薫りが最も新鮮で匂い立つ」

「そうかな。それがしは、むしろ花は散りぎわ、満開も過ぎて散るころがいいと思うがのう」

文史郎は腕組をし、桜吹雪《ふぶき》を思った。

左衛門が膝を打った。

「殿、年増《としま》桜でござるな。そう。爺も、そのころの桜が艶《つや》があり、むせ返るような色気もあると思いますがな」

「ま、いずれを好むにしろ、そろそろ、われわれも参りませぬか。すでに、隣の精吉や市松たちが、早々と花見の場所取りに出掛けましたぞ」

大門は、そわそわしながらいった。

「うむ。では、参ろうか。爺、仕度をいたせ」

「いつでも大丈夫でござるぞ」

左衛門は重箱を包んだ風呂敷包みを腕に抱えた。

文史郎たちが外に出ると、ちょうど隣のお福一家も、長屋を出るところだった。お米やおかみさんたちが子供を連れて合流する。

子供たちは、出掛ける前から、細小路を駆け回り、転んで泣いたり、ふざけ合ったり、笑ったり大はしゃぎしている。

「おうおう。賑やかでいいのう」

文史郎は着流しの気楽な格好で、おかみさんや子供たちの行列のあとについて歩き出した。

おかみさんたちはぞろぞろと歩きながら噂話や世間話に興じていた。その間も、時折、悪ふざけする子供を叱ったり、泣く子を宥《なだ》めたりと忙しい。

裏店を出た住人たちは、春の暖かい陽射しの中、大川沿いの道に入った。

隅田堤まではおよそ三里。まずは川沿いに吾妻橋《あづまばし》まで行き、対岸に渡る。水戸《みと》藩下屋敷の前の土手から隅田堤は始まる。

川面を照らす陽射しは、細波《さざなみ》をきらめかせ、燦然《さんぜん》と輝かしている。

大川には隅田堤の桜を川から見ようという花見客を乗せた屋根船が何艘も川を遡《さかのぼ》って行く。船から三味線《しゃみせん》の音や粋な都々逸《どどいつ》が流れて来る。

左衛門が文史郎に話しかけた。

「殿、これは噂でござるが、昨日も隅田堤の近くの掘割に侍の死体があがったそうですぞ」

「ほう。数日前にも隅田堤の桜の木の元で、侍が斬られたという話があったな」

「さようでござる。これで二体目となります」

「辻斬りかのう」

文史郎は訝《いぶか》った。大門が口を挟んだ。

「それがしが小耳に挟んだ噂では、昨日、斬られたのは八丁堀《はっちょうぼり》の役人だそうで」

「ふうむ。役人を斬るとは、大胆不敵な下手人だな。いったい、何があったのだ？」

「さあ、そこまでは分かりません。それがしが小耳に挟んだのは、湯屋《ゆうや》での世間話でござったから」

「物騒《ぶっそう》な話だな。花に浮かれた花見客が酒に酔って喧嘩して斬り合ったのか」

「しかし、斬られたのは町方の役人ですからな。まだ下手人も上がっていないそうですよ」

「ふうむ」

文史郎はふと、どこからか呼ばれたような気がした。

振り向くと定廻り同心の小島啓伍が、着流しの裾を翻《ひるがえ》して、駆けてくるのが見えた。

いっしょに忠助親分も走って来る。

「殿、しばらくお待ちを」

小島は手を上げ、叫んでいる。

左衛門が頭を振った。

「おやおや、あれは八丁堀」

「噂をすれば影でござるな」

大門が苦笑した。

小島と忠助親分は、ようやく文史郎たちに追い付いた。二人は息急き切って駆け付けたので、しばらく話ができず、はあはあと肩で息をしていた。

「いったい、いかがいたしたのだ？」

「お願いがございます。至急に、殿に奉行所に御越しいただけないか、と」

「いまか？　あとにできぬか？」

左衛門もいった。

「殿もわれらも、長屋のみんなとせっかく隅田堤へ花見に出掛けるところなのだ」

「至急にお願いしたいことができたのです。奉行所で、それがしの上司で与力頭の桜井がお待ちしております」

「ほう。桜井静馬《しずま》殿が？　どのような用向きだというのだ？」

「昨日、隠密廻り組与力の高井周蔵殿が何者かに斬られたのです」

「なに。そのことか」

文史郎は左衛門と顔を見合わせた。

「高井殿は、奉行所随一の剣の達人。高井殿と並び立つ者はおらぬのです。その高井殿が斬られたというので、いま奉行所はてんやわんやの大騒ぎになっているのです」

大門が口を出した。

「もしや、殿やわれらに高井殿を斬った下手人を捜し出してほしいという依頼なのか？」

「さようにございます。そのため、桜井静馬が殿にぜひお目にかかりたい、と」

小島啓伍は頭を下げた。

左衛門が頭を振りながらいった。

「小島殿、そういう依頼については、悪いが、わしらに直接ではなく口入れ屋の権兵衛《ごんべえ》を通してくれまいか。でないと、あとで権兵衛からうるさくいわれるのでな」

「分かっております。ですが、事は緊急を要するので、ぜひに、御出でいただきたく、お願いいたします」

「いったい、どういうことかな？　急ぐ理由というのは？」

「また今朝、大川に死体が流れ着いたのです。今度は高井殿の下にいた隠密廻り同心の木島幹之信《きじまみきのしん》が斬殺されたのです。木島も小野派一刀流《おのはいっとうりゅう》の遣《つか》い手《て》。その木島も、高井殿と同じく喉元を横一文字にすっぱりと斬られて」

小島は喉を手刀で横に斬る格好をした。

三

南町奉行所の座敷は、静けさに包まれていた。与力同心をはじめ、捕り方を務める中間小者《ちゅうげんこもの》たちのほとんどが市中に出払っていた。

奉行所に残って詰めているのは、事件の調書や記録を付ける祐《ゆう》筆の役人たちだけだった。

どこからか、子供たちの歓声がきこえて来る。

がらりと開かれた障子戸の間から、こぢんまりとした庭と、その背後の高い板塀が見える。子供たちの声は、その板塀越しに響いて来るのだ。

「いかがでござろうか？」

文史郎たちの前にきちんと正座した与力頭の桜井静馬は、物静かな口調でいった。

やや後ろに神妙な面持ちの小島啓伍が控えている。

文史郎は腕組をし、考え込んでいた。

「引き受けることは容易《たやす》い。だが、なぜ、わしのような無役の素浪人に相談なさる？町方奉行所の手に負えぬ極悪人を取り締まるにふさわしい火付盗賊 改《ひつけとうぞくあらため》めがいるではないか？」

「それが、火付盗賊改めが乗り出すには、いろいろと差し障《さわ》りがあるのでござる」

「差し障りとは？」

桜井は苦渋《くじゅう》の顔になった。

「さよう。いささか申し上げ難いのだが、幕閣老中としては、尊攘《そんじょう》激派を無用に刺激したくない、と申されておられるのです」

「ほう。下手人たちを取り締まると、尊攘激派を怒らせると申されるか」

「その恐れがあるのでござる」

文史郎は左衛門や大門と顔を見合わせた。

「いったい、どういうことなのでござる？」

「幕閣老中は、この江戸を京の都《みやこ》のようにしたくないというお考えなのです」

「京の都のようには、とは、どういう意味なのでござろう？」

「いま、都の治安は乱れに乱れております。諸国から、勤王《きんのう》の志士を名乗る輩《やから》が跳《ちょう》梁《りょう》跋《ばっ》扈《こ》し、我がもの顔に暴れている。そのため幕府は会津《あいづ》藩主松平《まつだいら》容保《かたもり》様にお願いし、なんとか京都《きょうと》守護職《しゅごしょく》に就いていただき、ようやく京の治安を回復しつつあります」

「うむ。内外の難局にあたり、松平容保殿のご決断には頭が下がります」

文史郎は己ももともとは松平姓であり、松平容保殿には、どこかで縁があるのではないか、と密かに親近感を覚えていた。

桜井は続けた。

「いま京都守護職松平容保様は、会津藩士や新選組《しんせんぐみ》により、力で尊攘激派を押さえ付けておりますが、ために彼らの一部が逃亡して江戸に下《くだ》り、江戸で治安を乱そうと企《たくら》んでいる気配があるのです」

「気配ですと？」

妙なものいいだと、文史郎は思った。

「さよう。気配なのです。まだ噂でしかない。しかし、火の気《け》のないところに、煙は立たないといわれますように、きな臭い匂いがいたすわけでござる」

「ほう。きな臭い匂いのう。そんな段階で、下手《へた》に火付盗賊改めを出して、尊攘激派たちを狩り出すと、江戸の尊攘激派に火をつけかねないと申されるのだな」

桜井静馬は大きくうなずいた。

「そうなのでござる。それで、しばらく尊攘激派の実態を調べ、背後に誰がいるかを明らかにし、搦《から》め手から押さえ込もうとしていたのでござる」

「搦め手から？」

「彼ら不逞《ふてい》の輩を匿《かくま》い、養っている藩を明らかにし、その藩の財源を締め上げる。その藩の財政を潤しているのは、異国との交易。それも、幕府に運上金《うんじょうきん》を払わぬ抜け荷が巨額の儲けになる。その抜け荷を行なっている豪商がいるのでござる」

抜け荷は幕府の朱印もなしに異国の船と行なう密貿易のことだ。

「ふうむ」

「その豪商を密かに探索し、抜け荷をしているという証拠を押さえて、御上にお知らせし、豪商を取り潰す。そうやって尊皇攘夷派の藩の資金源を断とうとしていたのでござる」

「それを高井周蔵殿たちが行なっていたと申されるのか？」

「さよう。高井たちはご奉行の密命を受け、抜け荷の噂がある船問屋《ふなどいや》を密かに内偵しておったのでござる」

船問屋は廻船問屋、廻漕問屋とも呼ばれ、廻船（商船）を用意し、船主のために積み荷を集荷したり、運送したりする。ただ積み荷を運送するだけでなく、荷の積み降ろしから、積み荷の管理、保管、商売相手の斡旋《あっせん》や仲介、相場情報の収集や紹介など行なう。

「なんという船問屋でござるか？」

桜井は声をひそめた。

「旭屋《あさひや》でござる。近年、長崎《ながさき》、琉球《りゅうきゅう》、堺《さかい》、横濱《よこはま》などの港を拠点に、めきめきと頭角《とうかく》を現して来たのは御存知かな」

文史郎は左衛門、大門と顔を見合わせた。

「いや、知らぬ。で、その旭屋は何を扱って儲けておるのだ？」

「表向きは、絹糸、金銀、各地の陶器などを扱っているというが、裏では、どうやら禁制品の鉄砲や火薬、阿片《あへん》などを密輸入しているのではないか、と睨んでいるのでござる」

「旭屋の主人はなんと申すのだ？」

「旭屋誠ヱ衛門《せいえもん》。名の誠に似合わず、抜け目がない遣り手《やて》の政商でして、御上にも気に入られており、幕府の要路《ようろ》にも庇護者があまたいる」

「ふうむ。それでは、探索もやり難いであろうな」

「さようでして、それで、幕府役人ではない相談人様たちのお力をお借りしたい次第なのです」

文史郎は、うなずいた。

「その話はあとにするとして、旭屋の廻船を使う船主や荷主はどこの誰なのだ？」

「もちろん、幕府が主要な船主荷主なのだが、それを隠れ蓑にして、どこやらの藩にも、鉄砲や大砲、火薬などを売り込んでいるらしい」

それまで黙っていた左衛門が口を開いた。

「ははあ。尊皇攘夷派の薩摩《さつま》や長州《ちょうしゅう》、土佐《とさ》、肥前《ひぜん》といった諸藩でござるな」

桜井は左右に頭を振った。

「いやいや、尊皇攘夷派といっても、さまざまでござる。水戸藩は徳川親藩にもかかわらず、尊攘激派で、しばしば幕府の方針に逆らっている。薩摩は、一応尊皇攘夷派でも、幕府と歩調を合わせ、公武一和《こうぶいちわ》を唱えて、長州ら尊攘激派とは一線を画《かく》している。肥前や土佐は、尊皇攘夷ではあるが激派ではなく、穏健派として中立を保とうとしている。さまざまなのです」

「なるほどのう。同じ尊皇攘夷でも立ち位置がだいぶ違うな」

「さよう。ですから、旭屋を苛烈な取り調べで追い詰めすぎると、尊皇攘夷激派を反幕府に駆り立てかねない。幕府の財政にも響いて来る。それに、事はお金の問題だけではないのです」

「何がある？」

「大きな声ではいえませぬが、幕府や親藩に入るべき武器が、どこかの藩に横流しされているという噂なのでござる。そのため幕府としても放っておけず、運上所《うんじようしよ》などの官府をあげて、旭屋を探索するよう指示が出たのですが、一向に証拠が上がらない」

「ふうむ」

「おそらく情報が旭屋に筒抜けなのでござろう。そこで、幕閣老中は、ご奉行に探索をご下命になった。本来、町方が乗り出すことではないのですが、幕閣老中からのご下命とあっては、ご奉行も動かざるを得なくなり、与力の高井の隠密廻り組に探索の密命を出したのです」

「なるほど」

文史郎はうなずいた。それまで黙ってきいていた大門が重い口を開いた。

「それで、旭屋の探索は、どこまでいっていたのでござる？」

「それが問題なのでござる。ご奉行が報告を受ける前に、肝心の高井、そして、配下の同心の木島が、あいついで殺されてしまったのでござる。探索は、その二人に任されており、ほかに事情を知る者がいないのでござる」

文史郎が尋ねた。

「高井と木島の下で働いていた目明かしや下っ引きがいたのではないか？」

「それはそうですが、彼ら小者では巨悪を取り締まりようがない」

　左衛門が訊いた。

「二人があいついで斬殺される三日ほど前、別の一人が同じ手口で喉元を横一文字に斬られたとの話だったが、その殺しも探索に関連があるのでござるか？」

「さよう。その死体が上がったのを知った高井と木島は、大慌てをしていた。その事情をきけぬうちに、二人とも殺されてしまったので、こちらも困っておるのでござる」

「その死体の身許は分かっておるのだろうな」

「はい。高井殿によれば、男は、由比伝次郎《ゆいでんじろう》と申す浪人者。木島に協力し、江戸に潜伏せる尊攘激派たちの仲間になり、内偵していたということでした」

「ふうむ。内通者だったか」

　文史郎は顎をしゃくった。

「おそらく内通者だとばれたのでござろうな」

　大門が頭を振った。

　左衛門は首を傾げた。

「それにしても、急でござるな。内通者の由比だけでなく、高井殿や木島殿までも消さざるを得ないとは、下手人たちはよほど大事な話をきかれたと思ったのであろうな」

「いったい、高井殿たちは何を嗅ぎ付けたのか」

文史郎はまた腕組をした。

「思うに、下手人たちに、何か差し迫った事情があったのかもしれない」

「どのような?」

「何か急がねばならぬことで」

文史郎は大門、左衛門と顔を見合わせた。

桜井は深刻な面持ちで訊いた。

「いかがでござろう。相談人殿、お引き受けいただけませぬか。ご奉行に代わって、お願いいたす」

桜井と小島は、深々と頭を下げた。

四

文史郎たちが八丁堀から隅田堤に駆け付けたころには、昼真っ盛りだった。

明るい陽射しに、五分咲きの桜花が風に揺れていた。

堤のあちらこちらで、どこかの長屋からくりだした老若男女が桜の木の下に敷いた茣蓙《ござ》の上に弁当を広げ、酒を飲み、わいわいと唄ったり、笑ったりして騒いでいる。

大門は顎の髯を撫で付けた。

「おう、皆、やっているなあ」

「うちの長屋の連中は、どこに居りますかなあ」

左衛門が歩きながら、花見客の宴会を覗いて回った。

文史郎はぶらぶらそぞろ歩きをしながら、頭の上で陽の光に映えて揺らいでいる桜の花を楽しんだ。

堤の通りを進むうちに、見覚えのある子供たちが駆けずり回っているのが見えた。

男の子たちは棒切れを振り回している。

「あ、お殿様だあ」

餓鬼大将の藤二郎《とうじろう》が目ざとく文史郎を見付け、大声でみんなに知らせた。

「わあ、お殿様だあ」

「お殿様が来た」

子供たちは、わっと文史郎たちの周りを取り囲んだ。

文史郎は来る途中、茶屋で買った桜餅の包みを懐から出し、群がる子供に一個ずつ配りはじめた。

左衛門と大門も桜餅を配りはじめた。

「さあ、一人一個ずつだ。みんな手を出して」

桜の下、安兵衛店の住人たちの花見は宴たけなわだった。

精吉お福の夫婦は、筵から急いで立って席を空けた。

「殿様、さあさ、こちらへ」

市松お米夫婦も大門、左衛門の席を空ける。

周りの長屋の住人たちも、ぞろぞろと筵の席を空けた。

「おう、ありがとう」「ありがとう」

文史郎と左衛門、大門は真ん中に空いた宴席に入って座った。

「さあさ、殿様方」「待ってましたぜ」

精吉や市松たちが文史郎、左衛門、大門に湯呑み茶碗を手渡した。

「駆け付け一杯」「ぬる燗酒ですぜ、まあ一杯」

精吉や市松が薬缶《やかん》の酒を文史郎たちの湯呑み茶碗に注いで回る。

「さあ、食べてください」「遠慮しないで」

お福やお米らおかみさんたちが、文史郎たちの前に、煮物や漬物、煮魚を入れた重箱を並べた。

文史郎たちは酒を飲みながら、早速《さつそく》に重箱の料理に箸を伸ばし、口へ運んだ。

「おう、これは馳走だ。では、遠慮なく」

「いつも、長屋の皆さんに世話になって申し訳ないな」

「ほんとに、これは旨い。旨いな」

大門は膝に幼い女の子たちを載せ、幸せそうに体を揺すって笑った。

精吉が文史郎に薬缶の酒を勧めながらいった。

「お殿様、いつも、うちのばばあが、迷惑をかけていやして、すみやせん」

「あんた、何をいってんの、迷惑をかけてんのはあんたのほうでしょ」

お福が左衛門に酒を飲むように勧めながら、精吉に怒鳴った。

「てやんでえ」

精吉は身をすくめ、左衛門にも酒を勧めた。

「左衛門様、すんません な。お殿様がうちの長屋にいてくれるから、うちの裏店は安心なんだ。悪い連中も、お殿様や爺様、大門様を恐れて長屋に手出しはしねえ。ありがたいこって」

「何をいう。おぬしたちのおかげで、殿もわしらも、堅苦しい武家屋敷にはない、こういう庶民の暮らしを楽しめる。感謝するのはわしらの方だ」

「いや、あっしらの方こそ」

左衛門は湯呑み茶碗に酒を受けながらいった。

「精吉、それにしても、本日はいいお花見日和《びより》。ほんとうによかったなあ。これも、おぬしらの日ごろの行ないがいいから、天の神様も晴れにしてくれたんだ」

「へい。ありがたいこって」

「旦那、あっしの酒も飲んでくださいな」

市松が薬缶の酒を文史郎や左衛門に注ぐ。

「市松、おぬしもやれ」

「へい。ありがとうございやす」

市松は恐縮して、湯呑み茶碗を差し出した。

「あんれま、うちの亭主、お殿様や左衛門様の前では借りてきた猫のようにおとなしいねえ。大丈夫かい」

お米が亭主の市松の額に手を延ばした。

「うるせいやい。いちいち俺のやることにケチをつけやがって」

「市松も精吉も、いいおかみさんを持って、幸せな男だ。こういうお花見のときにこそ、おかみさんを大事にしておかないと、あとで後悔するぞ。いいな」

文史郎は在所にいる妻の如月《きさらぎ》や娘の弥生《やよい》を思い出し、しんみりといった。

いまごろ、如月や弥生は、いかがいたしていることだろうか？

左衛門が酒の入った薬缶を持ち上げ、大門を振り向いた。

「大門は？　まあ、いいか」

文史郎は大門の様子を見て、酒を勧めるのをやめた。

大門は子供たちといっしょに、みんなで桜餅に舌鼓を打っている。

「おまえたち、大門おじさんに甘えるのも、いい加減にしなよ。大門おじさんだって、酒が飲みたいのに、おまえたちの相手をしていたら、飲めないじゃないの」

「そうそ、さあ、みんな、おいで」

お福とお米は、ほかのおかみさんたちとともに、子供たちを呼び、土手下の草原《くさはら》で遊ぶように連れて行った。

子供たちは、大門の手を引っ張り、軀を押しながら、土手下に連れて行く。

桜の木の下には、長屋の男たちだけになった。それぞれ、酒を飲みながら、馬鹿話に興じている。

精吉が文史郎に薬缶の酒を勧めながら小声でいった。

「ところで、お殿様、こんなお花見には、そぐわねえ縁起の悪い話なんですが、ちょっときいてくれますか?」

「なんだね?」

文史郎は湯呑み茶碗を口に運んだ。

精吉は、おかみさんたちが近くにいないのを確かめてから話した。

「昨日今日と二日続けて、お役人が二人、斬られたっていうじゃないですか。それに四日前にもおサムライが一人斬られて、大川に浮かんでいたと。あっし、四日前に斬られたサムライの死体を見たら、見たことがあるサムライだったたんですよ」

「どこで?」

「いま、あっしも市松も、浅草寺《せんそうじ》裏の寺の普請《ふしん》に入っているんですがね。そこで、近くの何人かと連れ立って、あのサムライが出て来るのを見たんですよ」

「確かか？」

「へい。なあ、兄弟《きょうでえ》」

精吉は左衛門と話している市松に怒鳴った。

「なんでえ、精吉」

「ほら、四日前に大川に上がった土左衛門のサムライ、あっしらが見たサムライだったんだよな」

「おい、兄貴、ありゃあ土左衛門じゃねえだろう。おロクを見て驚れえたねえ。最初は、喉を斬られて口がぱっくり開いていて、なんだ二つも口があるのかと思ったよな。一つ目小僧でなく二口小僧かって」

「ちげえねえ」

精吉はうなずいた。

文史郎は湯呑み茶碗の酒を口に運ぶ手を止めた。

「なに、おぬしら四日前の侍の遺体を見たというのか？」

「へえ」精吉と市松は同時に答えた。

「おぬしら、いつ、その侍を見たというのだ？」

「五日前の夕方ってことになりやすかね。大川に揚がる前日のことだから」

「どこで見たのだ？」

「浅草寺の裏にある吉祥院《きっしょういん》の近くだった」

精吉は大川の対岸を指差した。

「ここから近いのか？」

「近いといえば近いが、川を渡って行かにゃあならない対岸だからねえ」

「どうして、遺体の侍だと分かったのだ？」

「そりゃあ、あっしら目がいいからね。遠目が利《き》く。四、五人の恐そうな浪人たちに囲まれて、近くの武家屋敷に連れて行かれたような感じだった。な、兄弟」

「そう。顔が引きつっていて、顔面蒼白だった。それでも我慢して逃げようとせずに、浪人たちに挟まれたままだった」

「おぬしら、その浪人たちと、通りですれ違ったのか？」

「いや。あっしは伽藍《がらん》の足場から見やした。すぐに鳶《とび》の市松に声をかけた」

「そう、あっしは瓦屋根を直していたとき、精吉に見ろ、といわれて、上から浪人たちを見下ろした。仕事柄、人一倍目が利くので、しっかりと見やした」

「浪人たちは、あっしらが見ているのに気付いたが、築地塀《ついじべい》越しだったし、恐くなかった。あっしらに、見るな、あっちへ行けという仕草をしたけど、あっしらは無視しやした。あっしらは仕事で足場や屋根に上がっているんで、そんなのいちいちとりあってられない。おまえらこそ、あっちへ行けっていった」

「浪人連中、怒ったね。血相を変えて、あっしらのいる吉祥院に来ようとしたから、べらんめえ、来るなら来てみやがれ、さんぴんって、尻を捲《まく》ってぺんぺんしてからかったんで」

「そうしたら？」

「そうしたら、浪人たちますますいきり立った。こっちも、少し怒らせ過ぎたかなと思ったけど、連行されていたサムライが可哀想でね、いまのうちに逃げればいいのに、と思ったが逃げなかった。おれたちがからかっている隙に、浪人たちを突き飛ばしてでも逃げればよかったのによ」

「ほんとだ。なんか、あのサムライ、気落ちしたみたいで元気がなかったね」

「それで」

文史郎は市松と精吉に話を続けるように促した。

「そうしたら、浪人たちの頭《かしら》らしい男が後ろからやって来て、配下の者たちに、おれたちに構わず、さっさと行けと命じた。それで、浪人たちは、サムライの腕を掴み、引っ張るようにして、近くの武家屋敷に連れ込んで消えたってわけでさあ」

「連行された侍は、遺体の侍だったのだな」

「間違いねえです。なあ、兄弟？」

「まず間違いねえと思う」

市松はうなずいた。

「取り囲んでいた浪人たちの顔は覚えているか？」

「もちろんでさあ」と精吉。

「覚えてます」市松もうなずいた。

左衛門が話をきいていった。

「殿、由比伝次郎ですかね」

「おそらく。市松、精吉、明日我々を、その吉祥院に連れて行ってくれぬか」

「どうするんで？」

左衛門が答えた。

「わしらは、奉行所に頼まれ、誰が殺したのか、捜すようにいわれているのだ」

「そうですかい。合点です。明朝、いっしょに現場へ来てくだせえ」

精吉は市松に同意を求めた。市松もうなずいた。

「そうだな。連中があのサムライを殺《や》ったのなら、とっ捕まえてもらわないとな。あいつら、どこかでばったりと出会ったら、今度はおれたちを連れて行きかねないからな」

「兄弟、どうしてでえ」

「だって、そうじゃねえか。あっしら、殺される直前のサムライを見たのかもしれないぞ。そうしたら、やつらからすれば、あっしらが目撃した生き証人ってことになる。あっしらを生かしておかねえ、ってことにもなりかねねえじゃねえか」

「それはやばい。お殿様たち、あっしらを助けてくださいな」

「分かった。わしらが、なんとか、おぬしらを守る。安心せい。その代わり、おぬしらが見た浪人たちを教えてくれ。あとはわしらがなんとかいたす」

「そうでござるな」

文史郎は左衛門と顔を見合わせながらいった。

精吉と市松は、胸のつかえが下りたような顔になった。

「さ、今日は楽しいお花見だ。飲み直しましょうや」

「飲み直し飲み直し」

市松は薬缶の酒を、くつろいでいる男たちの湯呑み茶碗に注いで回った。

文史郎は桜の花を見上げながら、喉元を横一文字に斬る剣法とは、どんなものなのだろうか、と思うのだった。

五

深夜だった。

屋敷は夜の闇に沈んでいた。家人たちは寝静まっていた。

一基だけの燭台の蠟燭《ろうそく》が、淡い光を座敷に投げていた。

侍頭柱谷中馬《はしらだにちゅうま》は、座敷の中央に正座し黙想していた。しわぶき一つきこえない。

屋敷の奥から、かすかに人の話し声がきこえる。ご家老が客人たちを迎えて密談をしている。

すでに小半刻《こはんとき》が過ぎている。やがて、客人たちの話し声が廊下に響き、玄関の方に移動して行く。

その話し声もきこえなくなり、再び屋敷内は静まり返った。

庭の鹿脅《ししおど》しの石を打つ甲高《かんだか》い音が静けさを深める。

やがて、廊下を歩く人の気配が近付いてくる。二人の足音だ。

中馬は目を開け、廊下の襖に向かい、座り直した。襖が静かに引き開けられた。廊下に座って襖を開ける近習の姿が見えた。

中馬は頭を下げて、家老の待田謙吾《まちだけんご》を迎えた。

家老の待田は不機嫌そうな声でいった。

「中馬、何ごとだ？　このような夜更けに」

「至急にお話ししたいことがございまして。お人払いを」

待田は座敷に入り、床の間の前にどっかりと座った。脇息《きょうそく》に肘を置いた。

近習が襖を閉めた。

「二人で話がある。呼ぶまで、離れて控えておれ」

「はっ」

襖の陰から、近習のかしこまった声が返った。やがて、近習が廊下を去る気配がした。

「中馬、話せ」

「ご家老、巷《ちまた》にて三人の侍が斬殺されました。喉をぱっくりと斬られて」

蠟燭の芯《しん》が燃える、かすかな物音が立った。

「……家中《かちゅう》の者か？」

「いえ。違います」

「ならば、問題あるまいて」

待田はほっとした顔でうなずいた。

「しかし、斬られた者たちは、いずれも喉元をぱっくりと斬られております。その手口は、間違いなく暗闇剣《くらやみけん》」

「………………」

待田は脇息に腕を載せたまま身じろぎもしない。

「ご家老、いつ、暗闇剣の封印をお解《と》きになられたのです？」

中馬は待田の顔を窺った。待田の顔は、蠟燭のほのかな明かりに浮かんでいる。薄暗さの中で、顔色は分からない。

「わしは解いてはおらぬ」

「では、誰が暗闇剣を遣《つか》っておるのでござろうか？」

「……ほんとうに暗闇剣の手口なのか？」

「まず間違いないかと思われます」

「暗闇剣を遣うは、きゃつしかいない。きゃつが、勝手に封印を解いて、暗殺を始めたというのか？」

「そのようなことは信じられません。やつは自分で勝手に封印を解くような男ではござらぬ」

中馬はじっと待田の顔を見つめた。少しの動揺でも見逃すまいと目を凝らした。

「わしがきゃつに封印を解かせたと申すのか？」

「ほかに封印を解かせることができるのは、上様しかおりません」

「上様か。それも信じがたいな。いったい、誰が……」

待田は腕組をし、考え込んだ。

「ほんとうにご家老ではない、と申されるのですな」

「くどい。わしが、なんのために、暗闇剣の封印を解く？」

「その理由を知りたいと思い、参上いたしました」

「きゃつは、どこにいるのだ？」

「ご家老は御存知ないと申されるか？」

家老は知らぬといった。とすると、やはり家老が封印を解いたのではない、ということか？

「調べたところ、在所にはおらぬ由《よし》。脱藩して、都に上がったというところまでは分かっております」

「脱藩したと？」

「はい」

「なにゆえに？」

「ご家老の密命を帯びてと思っていましたが、そうではなかったのですか？」

「わしはきゃつに密命など出しておらぬ。きゃつが脱藩したのは、わしの与《あずか》り知らぬことだ」

「さようにございますか。では、脱藩者の処分をいかがいたしましょうか？」

「……ううむ」

「脱藩した者への処断は、上意討ちが決まりでございます」

「いまの時代、上意討ちは、いかにも古いな。他藩では、暗黙のまま、脱藩を認めておるところもある」

「しかし、脱藩した者が、暗闇剣の封印を勝手に解き、暗殺剣を振るい出したとなると、話は違いましょう。それも幕府のお膝元の江戸で、暗闇剣を遣うとは畏《おそ》れ多い。斬られた侍のうち、二人は幕府の役人でござった。脱藩した者の仕業《しわざ》と言い逃れはできましょうが、いずれ藩がお咎《とが》めにあうは必定《ひつじょう》」

「それは、いかにもまずいな。中馬、いかがいたしたらいい？」

待田は、いかにも心配顔で中馬を覗き見た。

「それがしにご家老様から、追討《ついとう》のご下命がいただけましたなら、喜んでお引き受けいたしますが」

「中馬、相手は暗闇剣を遣う剣の達人だ。手強《てごわ》いぞ」

「覚悟の上にござる」

「よろしい。おぬしにきゃつの追討を命じる。殺《や》れ」

「承知」

中馬は家老の待田に深々と頭を下げた。

六

文史郎は、左衛門と大門を連れ、八丁堀の掘割の端にある茶屋千草《ちぐさ》に上がった。

二階の部屋には、定廻り同心小島啓伍と岡っ引きの忠助親分、それから初顔の町方の男二人が、神妙な面持ちで文史郎たちを迎えた。

「申し訳ございません。御呼び立てしたかのようになってしまいまして」

小島啓伍は、文史郎や左衛門、大門に恐縮して、頭を下げた。忠助親分と二人の男も、身を小さくしている。

「いいやいい。奉行所で会えば、ほかの与力や同心もいることだし、おぬしらも気さくには話せぬだろう」

文史郎は笑いながら、小島たちの前に胡坐《あぐら》をかいて座った。

左衛門は文史郎の傍らに座ったが、大門はみんなから離れ、後ろの掘割に面した窓辺にどっかりと腰を下ろした。

小島が後ろに控えた初顔の二人を見ながらいった。

「紹介いたします。こちらが、殺された同心の木島殿から十手を預かっていた千吉と捨三《すてぞう》にございます。二人とも殿に挨拶しな」

「へい。お初にお目にかかります。あっしは目明かしの千吉と申します」

千吉は小柄で、四角い顔の猪首《いくび》の男だった。黒い眉毛に細い目をしている。

「こいつは、あっしの手下の捨三でやす。下っ引きをしておりやす」

「へ、あっし、生まれは浅草、浅草寺で産湯に浸かり……」

「捨三、やめな」千吉がどやしつけた。

「へい。すんません。捨三というケチな野郎でございます。よろしうお見知りおきを願います」

捨三は頭を掻いた。

捨三は中肉中背、若くて元気そうな男だった。目が鋭く、髷を斜めにし、いかにも粋がっている町奴風《まちやっこ》だった。

「こやつら、与力の高井様や同心の木島殿の密偵として働いていた者でござる。一遍に二人の主人を失い、途方に暮れていたところでござった」

目明かしは、奉行所から正式に雇われた職ではない。与力や同心の私的な子飼いで、目明かしたちの給金は、与力、同心が己の給金の中から支払っている。

「そうか。今後は、それがしたちの下で働いてくれぬか」

文史郎はいった。千吉の顔がぱっと明るくなった。

「へい。喜んでお引き受けします。お殿様、なんでもお申し付けください」

「条件は、これまでと同じだが、それでもよいか」

「はい。ありがとうございます。これで、女房子供におまんまを食わせることができやす。よかったな、捨三」

「へえ、親分。そうでやすね」

千吉と捨三はうれしそうに顔を見合わせて笑った。

小島が諭《さと》すように二人にいった。

「おぬしらには十手はそのまま預ける。お役廻りのことで困ったことが生じたら、それがしか、与力頭の桜井静馬殿の名前を出せ。いいな」

「へい。ありがとうございます」

千吉は大きくうなずいた。

「なお、お殿様たちには、お奉行様から、高井様、木島殿が行なっていた探索を、特別にお願いしてある。お殿様たちのご命令は、すべてお奉行様のご命令だと思え」

「畏まりました。いいな、捨三」

「へい。合点でやす」

千吉と捨三は元気よく返事をした。

文史郎は千吉に向き直った。

「ところで、千吉。与力の高井殿、同心の木島殿は、おぬしらに何を頼んでいた？」

「あっしらは、廻船問屋の旭屋を内偵するように命じられてました」

「いったい、旭屋にどんな疑いを抱いて探るようにいわれておったのだ？」

「へい。旭屋に出入りする不逞浪人たちの動きでやす。最近、旭屋には、京都から江戸へ下って来た浪人者たちが頻繁《ひんぱん》に顔を出すようになったのです。それで、木島様は、その浪人者たちの隠れ家や溜り場を探り出せというご指示でした」

「隠れ家や溜り場は、見付けたのか？」

「その浪人者たちは用心深く、いったん薩摩藩邸や長州藩邸などに入り、それから行方をくらますので厄介《やっかい》なのです。いま、捨三をはじめ、下っ引きを使って探っているところですが、まだ、これといった溜り場を見付けていません」

「そうか。ほかに何か頼まれなかったか？」

「旭屋については、抜け荷をしていると見て、元奉公人や出入りの職人なんかにあたって、探りを入れていました」

「何か分かったか？」

「一つだけ、分かったことがあります。どうやら旭屋には、通常の蔵以外に隠し蔵があるらしいのです」

「隠し蔵だと？」

文史郎は小島と顔を見合わせた。

「それは怪しいな。どこにあるというのだ？」

「まだ分かっていません。そのことを木島様に報告したら、かなり関心をお持ちになり、別の筋からも調べるといってらした」

文史郎は小島に尋ねた。

「別の筋というのは、なんだろう？」

「おそらく、木島殿は、与力の高井様にお話しになったはず。高井様は、仕事柄、公儀隠密とも親しくしているので、その筋から調べてもらおうとしたやもしれませぬ」

「公儀隠密か」

文史郎は左衛門と顔を見合わせた。

公儀隠密は、諸藩の内情を探ったり監視し、藩主の世継ぎを巡っての御家騒動や藩政の失態などを調べる役目だ。

そうした公儀隠密は幕藩体制が緩《ゆる》むにつれ、次第に力を失い、いまでは諸藩の反幕府の動きなどを監視する役目に変わりつつあった。

「もしや、高井殿、木島殿が殺されたのは、触《さわ》ってはならぬことに触《ふ》れたからではないか？」

「触れてはならぬということは？」

「たとえば、旭屋の隠し蔵とか」

「なるほど。旭屋が、その蔵に大量の禁制品を蓄えていたとか、ですかな。ありうることですな」

小島は唸《うな》った。

左衛門が口を挟んだ。

「奉行所には、高井殿以外に隠密廻り同心を指揮する役人はおらぬのですか？」

「そもそも、隠密廻り同心は、我々定廻り同心と同様、普段は市中の見回りが役目でござる。公儀隠密のような役目はやっておらぬのでござる。なにしろ、奉行所の同心は、わずか二十五人ほどで、江戸八百八町の治安を与《あずか》っておるのです。とてもとても公儀隠密のようなことまでは、我らにはでき申さぬ。第一に資金がござらぬ」

「ううむ。そうであろうな。奉行所が豊富な資金を使えるなら、与力、同心をもっと増やすことができるだろうし」

「さようでござる。我ら同心は、身銭を切って目明かしや下っ引きを雇っております。親分たちを食わせるだけでもたいへん」

小島は溜め息をついた。

文史郎は訊いた。

「高井殿が親しくしていた公儀隠密について、誰か分かるのか？」

「……それがしは存じませんが、与力頭の桜井様ならば存じておるやもしれません」

「聞き出しておいてくれぬか。公儀隠密の方からも、なぜ、高井殿や木島殿が斬殺されたのか、分かるかもしれぬ」

「分かりました。きいておきます」

文史郎は、左衛門と大門の顔を見た。

「二人とも、何かいうことはないか？」

左衛門が顔をしかめていった。

「千吉親分、おぬし、最初に斬殺された由比伝次郎についてだが、存じておろう？」

「はい。しかし、あっしらは木島様から、由比様が斬殺されたあとに、由比様が高井様の間諜《かんちょう》だと知らされたので、はじめから知っていたわけではないんでやす」

「由比伝次郎が、どんな浪士たちと付き合っていたのかは知らないのか？」

「知りません」

「実は、生きているときの由比を見たという者がいるのだ」

左衛門は、長屋の精吉や市松の目撃証言を千吉に話した。

千吉親分は袖を捲った。

「そいつは、おもしれえ。あ、失礼いたしやした。由比様は殺されたんですもんね」

「おぬしらに、浪人たちの隠れ家を探ってほしいのだ。その者たちの中に、必ず由比伝次郎殺しの下手人がいる、と見た」

「分かりやした。その精吉、市松を教えてください。あっしらが見れば、どこの浪人たちか、分かるってえもんです」

文史郎がうなずいた。

「よし。では、まずは、これから、その現場に乗り込もう。おぬしらもついて参れ」

「話はそうこなくっちゃ。行きましょう行きましょう。あっしら、御供いたします」

千吉は捨三と顔を見合わせて笑った。

七

空には古綿のような雲が拡がっていた。昨日までとは打って変わった天気だった。

文史郎と大門、左衛門は、小島や千吉たちを連れて、大工の精吉と鳶の市松が働く普請現場の吉祥院を訪れた。

吉祥院は毘沙門天《びしゃもんてん》の妃吉祥天《きっしょうてん》を祀《まつ》った寺院で、きらびやかな伽藍の本堂を構えていた。普請工事は、その本堂の屋根が長年の間に傷《いた》みが激しくなったので、補修しようと始まったものだ。

精吉は伽藍の屋根に架けられた足場の板を指差した。地上からおよそ三、四丈はある。

「いやね、あっしがあの足場から、築地塀越しに通りを見ていたときでさあ。浪人たちが、あの殺されたサムライを連れて、大川の方から、やって来たんでさあ」

「で、通りの先の屋敷に、あのサムライを連れ込んでさあ」

市松が相槌《あいづち》を打った。

文史郎は精吉と市松を促した。

「さっそくだが、その屋敷を見たい。案内してくれぬか」

「へい」と精吉はうなずいた。

精吉と市松は、文史郎たちを案内し、寺院の門まで来た。

左衛門が文史郎に囁いた。

「殿、お待ちを。こんなに大勢でぞろぞろ参れば相手に気付かれますし、警戒もされるでしょう」

「そうだな。案内は精吉、おぬし一人でいい。あとは千吉親分と捨三で見て参れ。侍の格好の余たちがうろつけば目立つであろう」

「合点承知。精吉さん、案内頼むぜ」

千吉は捨三にいっしょに来いと顎をしゃくった。

精吉と千吉、捨三の三人は、門の通用口から出て、路地に姿を消した。

文史郎は伽藍に架けられた足場を見上げた。

「殿、いかんですぞ。登《のぼ》ろうなんて考えてはいかんですぞ」

左衛門が文史郎の袖を押さえた。

「爺、大丈夫。何もせん」

「殿様、ちょっと登ってみるかい？」

市松が笑いながら、ひょいっと足場に上がった。

「よし、登ろう。爺、頼む」

文史郎は大刀を腰から抜き、左衛門に押しつけた。

「殿、危ない、お待ちください」

「大丈夫だ。騒ぐな」

文史郎は足場の木柱を摑み、横木に足をかけてよじ登った。

「殿がやるなら、それがしも御供いたす」

大門も大小を左衛門に預け、文史郎に続いた。小島啓伍は一瞬迷ったが、すぐさま刀を材木の脇に立て掛け、大門に続いた。

「拙者も御供します」

「旦那、あっしも」「あっしも」

忠助親分と末松もつぎつぎ身軽に足場をよじ登った。

「おいおい、でえじょうぶけえ。そんなに登っちゃ困るなあ」

大工の棟梁が心配顔で下から文史郎たちを見上げた。

「ほんとに、殿たちは無茶なんだから」

左衛門は刀を抱え、苦々しくいった。

文史郎は足場をよじ登りながら、子供時代の木登りを思い出した。あのころは、どんな木でも、身軽によじ登ったものだった。それが、いまはちゃんと組まれた木々の足場なのに、体が重く、思うように登れない。

ようやく、隣との境の築地塀を越える高さにまで上がった。

「でえじょうぶですけえ」

市松が心配顔で、足場の横木に渡した板の上に腰掛けていた。

「ああ、なんとか」

文史郎は柱に摑まりながら、横板に腰掛けた。

大門が苦労しながら登って来る。身軽な末松がするすると猿のように登って来る。

「皆、待て。それ以上、みんなが登ると、目立ち過ぎだ。外から丸見えになっている」

文史郎は手でみんなを制した。

大門、小島と忠助親分は我慢して止まった。

彼らは築地塀の高さまで到っていないので、寺院の外はまったく見えそうにない。

「殿様、あそこでさあ。いま精吉がうろついているあたり」

市松が囁いた。

築地塀越しに通りが見えた。通りには路地があり、奥に何軒かの武家屋敷が並んでいる。

精吉は、あたりを窺いながら、千吉親分と捨三に路地の奥の屋敷を指差していた。

千吉親分が捨三に行けと合図した。

捨三は道に迷ったような振りをし、あたりを見回しながら、路地の奥に入って行った。

精吉と千吉親分は路地の入り口の塀の角《かど》に身をぴったりと寄せて隠れている。

やがて、路地の奥から捨三が両袖を合わせ、ひょこひょこ躍る格好で出て来た。

捨三は路地の入り口にまで来て、千吉や精吉と何ごとかを話し合った。

路地の奥から、浪人者が一人顔を出し、路地の入り口の方を気にしている。

まずい、見つかったか。

文史郎は足場の柱に摑まりながら、路地の様子を窺った。

千吉親分ら三人が急に話をやめ、互いにそっぽを向いて何ごともなかったような振りをしはじめた。

吉祥院の前の通りに四人の浪人者が現れ、ゆっくりと千吉親分たちの前を通り過ぎた。

路地の奥から覗いていた浪人者が何ごとかを叫んだ。

路地に入ろうとしていた四人の浪人者は、その声に急に足を止めた。互いに顔を見合わせると、いきなり、四人は駆け戻り、千吉親分たちを取り囲んだ。

「おまえら、何やつだ」

「怪しいやつらだ」

「公儀のイヌではないか？」

「待て。そやつら逃がすな」

罵声や怒声が起こった。

路地の奥からも浪人者が駆け付ける。

まずい。

「精吉たちが捕まった！」

文史郎は叫びながら、柱を伝わって足場を下りる。途中から下に飛び降りた。

いち早く小島が飛び降り、門に向かった。

「爺、刀を」

文史郎は降りると左衛門から刀を受け取り、門に向かって走った。大門も飛び降り、地べたに尻餅をついた。

「さあ、大門、早よう」

左衛門は大門には刀の代わりに、手近にあった丸木を渡した。

忠助親分と末松も飛び降り、門へと殺到した。

文史郎は通用口を潜り、外へ躍《おど》り出た。

路地の出入口付近で、抜刀した浪人たちが、精吉や千吉親分、捨三を四方から取り囲んでいた。

小島が十手を掲げ、浪人たちに走り寄る。

「あいや、待たれよ。そやつらは御用の向きでござる。引け、引かれよ」

浪人たちは突然の同心や文史郎たちの出現に、みな驚いて顔を見合わせた。

千吉親分も下っ引きの捨三も、腕の袖を捲り、十手を構えている。

小島は浪人たちの前に走り込み、両手を拡げた。

「ご浪人衆、引け。この者たちは南町奉行所の者だ」

「浪人狩りか」

「違う違う」

小島が浪人たちを必死に宥《なだ》めている。

文史郎は、それを見ながら足を止めた。

あとから通用口を潜り出て来た大門と左衛門を手で制して止めた。忠助親分と末松も、いっしょに止まった。

浪人たちは、向きを変え、文史郎たちに刀を向けた。

「おぬしら、昼の日中、ダンビラを振りかざすとは、物騒ではないか」

文史郎は腰の刀の鯉口《こいぐち》を切り、腰を落として構えた。

「その者たちを放せ」

「お、おぬしら、何者だ？」

浪人者たちの一人が訊いた。

左衛門が大音声《だいおんじょう》で叫んだ。

「我らは天下の相談人。知る人は知る、知らない人は知らない、剣客相談人だ」

その間に、千吉親分、精吉、捨三は、浪人たちの背後を抜け、囲みを破って文史郎たちの方に逃げ込んだ。

文史郎は刀の柄《つか》を握り、小島の脇に立った。大門、左衛門も横に拡がって、浪人たちに対峙《たいじ》した。

「どうしても、刀を納めぬというなら、それがしたちがお相手いたす」

五人の浪人たちは、互いに顔を見合わせ、どうするか、迷っている様子だった。

路地から、もう一人が現れた。痩せた体付きの侍だった。顔を茶褐色の覆面で隠していた。そのため、どんな面相をしているのか分からない。上背があるので、やや猫背に見える。

全身から猛烈な剣気を放っている。ほかの五人の浪人とは比べようがないほど強烈な気迫だ。

男は蛇のような表情のない眼で、文史郎をぬめっと見つめた。文史郎は背筋にちりちりした戦慄が走るのを覚えた。この気は蛇が獲物の蛙を睨むのに似た気だ。

こやつ、出来る。それも、とほうもなく。

文史郎は緊張で筋肉が震えた。

「やめとけ、こやつ、おぬしたちがかなう相手ではない」

男は低く、呻くような声でいった。

「しかし、小宮山《こみやま》さん、こやつら我々を探っていた。このまま帰すわけにはいかん」

「ならば、やってみろ。わしは手を出さん」

小宮山と呼ばれた痩軀《そうく》の侍は、文史郎を見たままいった。

浪人たちは、素早く二人と三人に分かれた。二人が文史郎に、三人が大門と左衛門、小島に対するつもりだ。

浪人たちの殺気がみるみるうちに膨《ふく》らんでいく。文史郎は刀を構えた二人に対した。

青眼《せいがん》に構えた刀の切っ先が動く。

来る、と思った。

裂帛《れっぱく》の気合いの下《もと》、二人が同時に斬り込んで来る。

文史郎は小宮山の執拗な視線を感じながら、刀を抜いた。

二人が同時といっても、左右のどちらかがほんのわずかだが遅れる。文史郎はそれを見逃さなかった。

左から斬り込んでくる浪人の胴を抜いた。次の瞬間、体《たい》を沈め、右から斬り込んで来る浪人の懐に背を預けた。浪人は文史郎の軀《からだ》を前に抱える格好になり、刀を振り下ろせない。

浪人は慌てて文史郎を突き放して飛び退こうとした。文史郎は軀を回し、相手の鳩《みぞ》尾《おち》に刀の柄頭を突き入れた。

一瞬にして、二人の浪人が文史郎の足許に崩れ落ちた。

文史郎は刀を右八相に構えて残心《ざんしん》し、小宮山の攻撃に備えた。

目の端で、残る三人を窺った。

大門に斬りかかった浪人一人は角材で打ち倒されていた。

残る二人は、左衛門と小島と一合《いちごう》刀を交わしたあと、青眼で睨み合っていた。しかし、瞬時に三人が倒されたとあって、二人は動揺していた。

小宮山は、ぱちぱちと気のない拍手をした。

「お見事お見事」

足許に倒れた浪人たちが、二人とも腹を押さえながら、起き上がろうとしていた。

だが、よろけて立ち上がれない。

「小宮山さん……」

鳩尾を突かれて蹲《うずくま》った男が小宮山を見て、なぜ、加勢してくれぬのか、という顔をした。

「織田《おだ》、だから、いったろう？　この侍、おぬしの敵ではないと。手出しもしない、と。わしは、いまはやりたくない。あとの楽しみに取っておく」

小宮山は覆面の中で含み笑いをした。

織田と呼ばれた浪人は、隣でもがく浪人ににじり寄った。

「しっかりしろ。どこを斬られた？」

「………」浪人は呻くだけで答えられなかった。

小宮山が文史郎を見据えながらいった。

「織田、心配するな。そやつは、峰打ちで胴を抜かれただけだ。肋骨の一本や二本は折れているかもしれないが、死にはしない」

「殿、大丈夫でござるか？」

左衛門が文史郎に声をかけた。

「大丈夫だ」

文史郎は答えながら、残る二人に大声でいった。

「まだやるか？　それとも引くか？」

残った二人は顔を見合わせ、ぶるぶると震えた。すっかり戦意を失っている。

小宮山が怒鳴るようにいった。

「引け。これ以上立ち合っても、やられるがオチだ。引け」

二人の浪人は刀を引いた。

「介抱してやれ」

大門が角材で頭を打たれて気を失っている男を指差した。

二人は慌てて気を失った浪人に駆け寄り、抱え上げた。

「おぬし、殿、と呼ばれたな？」

小宮山が冷ややかにいった。

「戯《たわむ》れだ」

「違うてござる。殿は、ほんとうの殿でござる」

左衛門が横から口を出した。

「爺、余計なことはいうな」

文史郎は刀を腰に納めながらいった。

「いや、爺はほんとうのことを申しただけ。余計なことではござらぬ」

左衛門は不機嫌そうにいった。

「殿か。いったい、どこの殿様だ？」

小宮山は覆面の中で嘲《せせ》ら笑った。

「歴とした那須川藩の元藩主……」

「やめろ、爺」

「……は、はい」

左衛門は文史郎の剣幕に圧《お》されて黙った。

「その殿様とやら、おぬしの名を伺っておこう」

左衛門が憤然としていった。

「他人に名を訊くなら、己が先に名乗るのが礼儀だろう？」

「おう。これは失礼。爺さまのいう通りだな」

「爺さま、爺さまというな。人を爺《じじ》い扱いしおって」

左衛門は怒った。

「元気な爺さまだな。名乗るもおこがましいが、それがしは小宮山玄馬《げんば》。して、殿とやら、おぬしの名は？」

「それがしは、文史郎、大館文史郎だ」

「文史郎か。覚えておこう。いつか、おぬしとは、立ち合わねばならなくなりそうだな」

小宮山は覆面の下で含み笑いをした。

「小宮山玄馬、覆面を脱げ。それが武士の礼儀というものだろう？」

左衛門が叫んだ。

「覆面を取れか。それがしの醜い顔が見たいか。見せてもいいが、いまは、その気分ではない。いずれ、お見せしよう。そのときまで楽しみにしておくんだな」

浪人たちは、ようやく互いに助け合い、凭《もた》れ合いながら立ち上がった。

「皆、引き揚げだ」

玄馬は浪人たちにいった。

小島が文史郎に歩み寄って囁いた。

「殿、いいのですか、このままやつらを帰しても。やつらをひっ捕らえて、締め上げれば、高井様や木島殿、由比を殺したのが誰か洩らすでしょうに」

「彼らが三人を殺した証拠があるのか？」

「ありませぬ」

「ならば、仕方がない。このまま帰すしかあるまい」

「はい」

文史郎たちは、動かず、浪人たちが引き揚げるのを見守った。

五人の浪人たちは、肩を貸し合い、のろのろと路地に引き揚げていく。しんがりを務める小宮山玄馬が、最後を歩き、時折、文史郎を振り向いた。

先ほどまでの剣気は薄れていた。玄馬は路地の角を曲がると、その剣気も完全に無くなった。

文史郎はほっと肩の力が抜けた。

「敵に回すと嫌なやつですな」

大門がぼそっといった。

いつか、闘うことになる。

文史郎は心の中で覚悟を決めた。

第二話　暗闇剣始末

一

　吉祥院の境内に戻った文史郎は忠助にいった。

「忠助親分、あれだけ騒がれると、あの屋敷は隠れ家として使えないから、きっとあの連中は出て行く。どこへ移るか張り込んで、尾行してくれ」

「へい」

「親分、無理はするな。あの覆面姿の小宮山玄馬には用心しろ。ほかの浪人で、怪我をしているやつを尾行するんだ」

「へい。合点です。行くぜ、末松」

　忠助親分は、末松を連れ、足早に境内から出て行った。

文史郎は、千吉に訊いた。

「千吉親分、どうだった？　あの浪人連中に見覚えのある者はいたか？」

「あのうちの二人、旭屋に出入りしているのを見ました」

「どいつだ？」

「殿が痛めつけた二人でさあ」

「なるほど。織田と呼ばれておった浪人者だな。あの五人の中では、頭《かしら》のようだった」

文史郎は斬りかかってきた二人を思い浮かべた。

織田は総髪の髪を頭頂でまとめて髷を結っている男だ。中肉中背のよく鍛えた軀をしていた。腕に自信がありそうだったが、文史郎から見て、まだまだだと思った。

もう一人はまだ若くて血気盛んな青年だった。鳩尾に柄頭を入れて気絶させたが、あれで間合いを詰めた闘いがいかに危険かを悟ったに違いない。

「あの小宮山玄馬という男は、見たことがあるか？」

「初めて見る浪人でさあ。凄腕の遣い手のようだが、はたしてどうかなあ？　お殿様は、どうごらんになったんで？」

「あの剣気は、相当な剣の遣い手でないと出て来ない」

「そうですな。剣気というよりも、殺気に近い邪気。おそらく遣う剣も邪剣ではないですかな」

大門が頭を振りながらいった。左衛門もうなずいた。

「爺も大門殿と同じでござった。爺は背筋に寒気が走りました。できれば、ああいう手合いとは立ち合いたくないものです」

文史郎は小島啓伍に向いた。

「小宮山玄馬について、何者なのか、調べてくれ」

「分かりました。やってみます」

小島はうなずいた。千吉が小島にいった。

「小島様、あっしたちも心当たりをあたってみます。闇の世界の連中は、結構、目敏《めざと》く、余所者《よそ》のことを知ってますんでね」

「うむ。頼むぞ」

小島は文史郎に向き直った。

「ところで、殿、今度はどちらに」

「うむ。旭屋だ。肝心の旭屋を見ておかねばな。一度、旭屋誠ヱ衛門にも会っておきたい」

「分かりました。では、さっそく、これから旭屋を訪ねてみましょう。殺された与力の高井様や同心の木島殿が旭屋を調べていたので、それゆえに殺されたと疑われたらまずいと、誠ヱ衛門は思い、嫌とはいえないはずです」

「よし、大挙して旭屋参りをするか。誠ヱ衛門が、どういう顔をするか見てみたい」

文史郎は大門、左衛門と顔を見合わせ、うなずいた。

二

廻船問屋旭屋は芝浦《しばうら》にあった。旭屋に隣接して薩摩藩の蔵屋敷があるという。吉祥院のある浅草から芝浦まではかなりの距離がある。

さっそくに左衛門が、いつもながらに船頭の玉吉《たまきち》を呼び出した。今回の一件で、ぜひとも玉吉の力を借りたかった。

玉吉は文史郎がいた松平家の元中間《ちゆうげん》で、かつては御庭番として働いていた。退職したあとも、密かに松平家の御庭番を続けているらしいのだが、文史郎はあえて訊かなかった。

たとえ、訊ねても、玉吉は笑って答えない。玉吉はそういう男だった。

　玉吉に屋根船を一艚仕立てさせた。江戸湾が時化《しけ》っているときは、船で行くのは無理だが、凪《な》いでいるいまなら、船で大川を下り、芝浦沖に出る方が陸路を行くよりもはるかに早い。

　文史郎たちは、ここで千吉親分たちと別れ、船に乗り込んだ。

　玉吉と船手たちの漕ぐ屋根船は大川を下り、小半刻もしないうちに、芝浦の船着き場に着いた。

　旭屋は豪商に似合わず、店舗は小さく、専用の船着き場も伝馬船が二、三艘着けば一杯になるような桟橋しかなかった。

　文史郎は船を降りながら、隣の薩摩の蔵屋敷に目をやった。長い築地塀で仕切られているが、その塀の屋根越しに、何棟もの蔵の瓦屋根が居並んでいるのが見える。

　沖合からも見えたが、薩摩蔵屋敷の船着き場は、旭屋の貧弱な船着き場よりも、はるかに頑丈そうな桟橋が並んでいた。その桟橋の一つに、いましも三艘の伝馬船が横付けし、人夫たちが樽やら米俵やらの荷を下ろしている。

　文史郎たちは店の裏手からこっそり訪ねるのをやめ、表から店を訪ねることにした。何ごとも堂々とした方がいい。

　小島の案内で店の脇を抜けて表に回った。

旭屋の店内は番頭や手代が忙しく来客の相手をし、算盤《そろばん》を弾いたり、賑わっていた。

小島の訪いを受けた初老の番頭は、文史郎や大門、左衛門の一行を見ても少しも動じず、にこやかに笑顔で応対した。

「どのようなご用件でございましょうか」

その慇懃《いんぎん》無礼《ぶれい》な態度から、金子《きんす》をせびりに訪ねてくる浪人者たちを扱い慣れている様子がありありと見えていた。

「御用の向きで、少々ご主人にお目にかかりたい」

小島は腰に差した朱房の十手をさり気なくちらつかせた。

初老の番頭は、文史郎や左衛門、大門に目をやり、すぐさま、奉行所の役人ではない、と見抜いた様子だった。

「畏れ入ります。こちら様は、どちらの藩の御方でございましょうか」

小島啓伍がすかさず答えた。

「どちらの藩の者でもない。剣客相談人の方々だ。南町奉行の依頼を受けて探索をなさっておられる」

「剣客相談人様ですか」

番頭の顔がぱっと明るくなった。

「瓦版で、皆さまのご活躍は拝見しております。分かりました。主人はいま来客中ですが、お伝えいたします。少々、お待ちいただけますか」

番頭は立ち上がり、そそくさと店の奥に消えた。

文史郎は上がり框《かまち》に腰を下ろし、店内の賑わいを眺めた。

やがて手代が「粗茶ですが」といいながら、お茶を運んで来た。

間もなく、先刻の初老の番頭が笑顔で戻った。

「主人が喜んで相談人様方にお目にかかるそうです。どうぞ、お上がりになってお待ちください。来客との用談が終わり次第に参りますので」

番頭は文史郎たちを店の奥に通じる廊下に案内した。

店の見かけは小さいと思ったが、中は思った以上に広く、店は薩摩屋敷とは反対側の隣家と渡り廊下でつながっており、そこが旭屋誠ヱ衛門たち家族が住む母屋になっていた。

文史郎たちは渡り廊下から、母屋の客間に案内された。

客間は、異国から手に入れた調度で飾られていた。壁には、異国のどこかの海辺を描いた風景画が架けられてある。

大門は風景画の前で、つくづくと眺め、頭を振った。

客間の掃き窓から、松の木立越しに、春うららかな江戸湾が望めた。凪いだ海原に白い帆を掲げた弁才船《べざいせん》が何隻も浮かんでいる。

「いいところですなあ」

左衛門が出された煎茶を飲みながら、文史郎に話しかけた。

「ほんとほんと。長屋の生活とは天と地ほども違う」

大門は廊下に立ち、両手を上げて大きく伸びをした。

庭の白洲に赤い手毬《てまり》がころころと転がった。

そのあとから手毬を追って、丸髷を結った娘子が走って来た。丸顔の大きな目をした十歳ほどの娘子だった。

娘子は大門の髯面を見ると、驚いて立ち竦んだ。

「お嬢さん、今日は」

大門は廊下にどっかりと座り、娘子に声をかけた。

娘子は大門を見つめたまま身をすくめて動かなかった。

「大丈夫だよ、お嬢さん。それがしは、何もしない」

「……さん？」

「なに？　なんといった？」

大門は娘子に笑いかけた。娘子は何もいわず、大門の髭面を睨んでいた。

「大門、脅かしてはいかんだろうが」

左衛門が笑いながら膝行《しっこう》し、大門の隣に座った。

「ほう。手毬つきかな」

文史郎も笑いながら立って行って廊下に座った。

「おお、可愛い。べっぴんさんだな」

左衛門も頬を崩した。

「うむ」

文史郎は在所にいる娘の弥生を思い浮かべた。きっと弥生と同じ年ごろだ。

大門は敷石にあった下駄を足に突っかけ、手毬を拾った。娘子に手毬を差し出した。

娘子は目を大きく見開きながら、手毬を受け取った。じりじりと後退りする。

「ははは。それがしが恐いか？　恐くないぞ」

「…………」

「お名前は？」

「さなえ」

「そうか。さなえか。いい子だ」

大門は大きな手でさなえの頭を撫でた。さなえはじっとしていた。

「おじさんは大門だよ。よろしくな」

「……さん」

「なに？　なんと申した？」

大門はさなえに屈み込んだ。

さなえは大門の耳許に何かを囁いた。

大門は髯面を崩して笑った。

「おう、そうかそうか。それでもいい」

「さなえ、どこへ行ったの？」

女の声が左の柵越しにきこえた。

「母さま、こっち」

粋な紬《つむぎ》織りの小袖を着た女が、庭の仕切りの竹柵の陰から小走りに現れた。抜けるように肌が白い。瓜実顔に笑みがあった。

「まあ、さなえ、お客さまのお邪魔をして。いけない子」

若い母親が慌てて大門の前に立っているさなえに駆け寄った。

「申し訳ございません。この子が何か粗相をいたしましたら、どうぞ、お許しくださいませ」

　母親は島田髷の頭を盛んに下げて、大門や文史郎たちに謝った。

「さなえちゃんは、なにも悪さはしておりませんぞ。のう、べっぴんさん」

　大門が猫撫で声でいった。

「ありがとうございます。さなえ、おじさんたちに、さよならをいいなさい」

「さよなら。わたしの……さん」

　さなえは、ようやく笑顔になり、くるりと踵を返すと、頭を下げる母親の手を引きながら、竹柵の陰へと姿を消した。

　文史郎は母と子を見送りながら訊いた。

「あの子は、おぬしになんといったのだ?」

　大門は髯面を崩して、にんまりと笑った。

「ははは。それがしのことを、熊さんですと」

　左衛門は頭を振った。

「なに、熊さん?　わしには大門殿がどう見ても熊には見えないですがのう」

　文史郎は元の席に戻った。

「大門は、どうして子供に好かれるのだろう?」

左衛門が答えた。

「大門殿は図体が大きいが、心は子供だからではないですか。子供たちには、同じ年ごろの子供に見えるのでは?」

「ま、そういうことにしておきましょうかな」

大門は満更《まんざら》でもない顔をして、文史郎の脇に座った。

渡り廊下の向こう側から、賑やかな笑い声がきこえた。笑い声は店先に移動して消えた。

どうやら来客が帰ったらしい。

文史郎は、大門と爺に目配せした。

やがて渡り廊下を歩く足音がして、初老の番頭を従えた誠ヱ衛門がにこやかな顔で客間に現れた。

「いやあ、お待たせいたしました」

誠ヱ衛門は小太りの軀を揺すりながら座敷に入って来ると、文史郎の前に座り、両手をついて恭《うやうや》しくお辞儀をした。

「旭屋誠ヱ衛門にございます。ようこそ、お越しくださいました」

小島啓伍が文史郎たちを紹介し、挨拶を交わした。

誠ヱ衛門は大きく頷いた。

「番頭の佐平《さへい》からききました。皆さまは、剣客相談人様とのこと。わたしも一度はお目にかかりたい、と思っていたところでございました。皆さま、剣客とのこと。ほんとうに頼もしい」

誠ヱ衛門はひとしきり、文史郎たちの評判を讃《たた》えた。

一段落したところで、小島が切り出した。

「実は、こちらに参ったのは、与力の高井周蔵殿と同心の木島殿は、なぜ、殺されたのか、下手人は誰なのかを調べるためでござる」

「さようでございますか」

誠ヱ衛門は神妙な顔をした。

「何か心当たりはないか？」

「ううむ。わたしどもは、何も事情が分かりません。な、番頭さん」

誠ヱ衛門は佐平と呼んだ番頭を振り返った。

「はい。旦那様」

佐平は穏やかな表情で返事をした。

左衛門が静かに質《ただ》した。

「こちらに、京都であぶれた浪人者たちが、盛んに訪れるときいたが、なぜ、その者たちが旭屋を訪ねるのだ？」

「それは高井様や木島様にも尋ねられたことですが、当方としても困っているのです。どうやら、京都や大坂で、うちの支店の者が、朝廷のお公家《くげ》さんや、長州など尊皇攘夷派の方々に、多少の寄付をしていることから、江戸に下っても金がせびれると思われているのだ、と思いますな」

「なに、都では尊皇攘夷派に金を出しているというのか？」

「はい。そうでないと、佐幕《さばく》派と思われ、店が焼き打ちされかねないのです。もちろん、京都守護職や新選組にも、相応のご寄付はしております。両方の顔を立てておかねば、この商売は成り立ちませんので」

「なるほど。すると、こちらに参る浪人たちは、金をせびりに来るというのか」

「さようで。江戸に着いたばかりで、路銀もなく、働く場もないとなれば、あとは押し込み強盗や盗みを働くしかない。そうなっては、本人のためにも、江戸の治安のためにも困りますので、仕方なく、少々のお金を握らせて退散していただいています。二度はないですよ、と念を押して」

「ここを訪ねた浪人たちは、その後、薩摩藩邸や長州藩邸に入り、姿をくらますという話だが」

「うちを訪ねて来た方々の、その後までは、私どもも責任は負えません。無事に江戸を離れて、郷里に戻っていただくことを願うばかりです」

大門が左衛門に替わって訊いた。

「それでも、浪人たちの中には、金に困り、再度無心に来る者もおるのではないか？　出さぬとなると、暴れる者もいるのでは？」

誠ヱ衛門はうなずいた。

「そのために、念のため、用心棒を何人かお願いしてあります」

誠ヱ衛門は、ちらりと渡り廊下の方に目を向けた。

いつの間にか、渡り廊下の端に座った侍の姿があった。

文史郎は単刀直入に訊いた。

「きくところによると、旭屋、おぬしのところは抜け荷をしておるそうだな」

誠ヱ衛門は意表を突かれたのか、目を白黒させた。

「抜け荷とは、密輸でございますな。滅相もない。どなたが、そのようなことを」

「与力の高井殿たちは、おぬしのところが抜け荷をしているのではという疑いで調べようとしたはずだが」

「誤解でございます。確かに、高井様や木島様は、はじめは旭屋をそう疑っておられたかもしれませんが、お二人とも、うちはそんな抜け荷をやっておらぬとお分かりいただけたと思います」

誠ヱ衛門は困惑した顔でいった。

「抜け荷はしておらぬ、というのだな？」

「はい。旭屋誠ヱ衛門は、お天道様に誓って、そのような御上の目を盗むような抜け荷はしておりません」

文史郎は小島の顔を見た。小島も戸惑った表情をしていた。

「相談人様、私どもは将軍様から特別に、異国との貿易をしてもいい、という御朱印《ごしゅいん》を頂いております。抜け荷などといわれるような異国との密貿易は、する必要がないのでございます」

誠ヱ衛門は、そういいながら、番頭の佐平に目配せし、「あれを持って来なさい」といった。

佐平は頭を下げ、廊下に姿を消した。

「さきほども、異人さんと商談をしておったところですが、幕府からの正式な依頼を受けて、鉄砲や大砲、その他大事な物資の買い付け交渉をしたところです」

左衛門が横から口を挟んだ。

「なに、鉄砲、大砲の買い付け？　それらは禁制品ではござらぬか？」

「はい。さようにございます。通常の船問屋がそれらを将軍様、幕府の許可なく扱えば、禁制品となりましょう。ですが、うちは正式に御朱印を頂いており、それらを扱うことが許されているのです」

「なるほど。幕府がよし、と認めれば禁制品にはならぬな」

文史郎はうなずいた。

「さきほどの異人と申すは、どのような御方なのか？」

「なにも隠すことではございませぬが、なにしろ尊攘激派が嗅ぎ付けると何をするか分かりませんので、なにとぞ、御内密にお願いいたします」

「うむ。分かった」

「フランス公使レオン・ロッシュ様にございます」

「ほう、さようか」

フランス公使ロッシュは知っている。

幕府を支援し、密かに武器を売り込もうとしている、という噂がある。

「いっしょにお越しになられたのは、幕府の勘定奉行小栗《おぐり》様と陸軍奉行の大関《おおぜき》様です」

「なに、大関増裕《ますひろ》殿もおられたのか」

文史郎は左衛門と顔を見合わせた。

増裕は大関家に婿養子として迎えられ、下野《しもつけ》の黒羽《くろばね》藩主に就いた。黒羽藩は那須川藩が位置する那珂川《なかがわ》の下流域にある。いわば、那須川藩と黒羽藩は同郷だ。知らない仲ではない。

勘定奉行の小栗様とは、小栗上野介《こうずけのすけ》忠順《ただまさ》である。

「御存知でしたか？」

「ああ。しかし、大関増裕殿は、いまや若年寄にも推《お》される幕府の要路。それに対して、それがしは、貧乏長屋住まいの素浪人だ。だいぶ身分が違うな」

文史郎は自嘲《じちょう》し、頭を振った。

誠ヱ衛門がたしなめた。

「何を申されます。人は身分の違いで決まるものではありません」

「そうですぞ、殿」

左衛門が慰め顔でいった。

文史郎は、分かった分かったとうなずいた。

「ところで、旭屋、おぬしは幕府だけでなく、諸藩とも取引しておるそうではないか」

「もちろんでございます。私どもの商売船問屋は諸国買物問屋にございます。幕府の御用は務めますが、幕府の御用商人ではありません。幕府や諸国諸藩の要望を受けて、フランスやイギリスの公使と交渉し、さまざまな外国の物を取り寄せたり、物資を購入する。取引相手は幕府だけではありません。薩摩もあれば水戸もある。長州、土佐、肥前、熊本、会津、伊達《だて》、加賀等々、あらゆる藩と取引する用意があります」

「ほう、だいぶ手広く取引しておるな」

「おかげさまで」

「支障は起こらないのかな？」

「どのような支障でございます？」

「たとえば、幕府と取引をしながら、いま尊皇攘夷の急先鋒の長州藩と取引すると、幕府から疎《うと》まれ、長州からも睨まれるのではないか？」

「ははは。ありうることです。でも、幕府が私どもとの取引を断つことはないでしょう。長州とて同じ。私どもががっちりとフランス国との交易を握っておりまして、他の船問屋の追随《ついずい》を許さないものですから」

誠ヱ衛門は自信たっぷりにいった。

大門が掃き出し窓から見える海を手で指し示しながら、口を開いた。

「こう見たところ、船問屋なのに、沖には弁才船が少ないように思うが」

「ははは。当然にございます。私どもは、これまでの廻船問屋とは違います。廻船問屋は日本国内だけ、それも江戸と大坂の間の菱垣《ひがき》廻船、樽《たる》廻船を運航させるのが主ですが、旭屋はやることが違います。廻船などは不用といっていい」

「廻船は使わぬのか？」

「はい。書状での商取引が主なのです」

「ほう。どういうことだ？」

「まず幕府や諸藩から注文をいただき、それを異国に発注する。その手続きを請け負うのです。そこで商取引の仲介料や手数料をいただくのです」

「なるほど。書類上のやりとりか」

「もちろん、そこには、双方の信頼関係がないと取引できませんが」

「うむ」

「異国との売り買いですから、幕府や諸藩から出される絹糸や陶磁器、金銀細工などをできるだけ高く売って、代金をいただく。私どもが幕府や諸藩の代理として、異国と交渉し、鉄砲や大砲、火薬、機械、設備など購入する。そのときには、異国船を使って港へ搬入するので、あとは国内の船問屋が持ち船で、幕府や諸藩が望む港へ運ぶ、ということになります」

「つまり、旭屋は廻船なしでも取引ができるということか」

「さようで。とはいえ、私どもも自分たちで自由に運航できる廻船は何隻も持っていますが、できるだけ同業者に仕事を回さないと、あらぬやっかみや嫉妬《しっと》を受けますので。皆さんが儲けて幸せになるのが一番です」

誠ヱ衛門はふくよかな顔をさらに崩し、えびす顔になった。

左衛門が訊いた。

「旭屋は隠し蔵を持っているときいたが、それはどういうことだ？」

「隠し蔵？　なんのためにでございますか？」

「それは、こちらが訊きたいことだ」

「番頭さん、隠し蔵について何か知ってますか？」

「いえ、旦那様、そのような隠し蔵などありません。どういうことなのでしょう？」

佐平は首を傾げた。

誠ヱ衛門は怪訝な顔で文史郎を見た。

「隠し蔵の噂は、どこから、おききになったのか？」

「木島殿の手の者が、そう聞き込んだそうだが」

文史郎は、隠し蔵について、千吉親分がそういっていたのを思い出した。

「それは、誰かが旭屋を為《ため》にしようと、流したがせねたでしょう。けしからんことです」

誠ヱ衛門はいくぶん顔をしかめていった。

「そんな隠し蔵の話よりも、うちは異国がらみで、幕府の大事な事業に協力しております。それは交易よりもはるかにお金になるもので、いま、旭屋は、その事業で手いっぱいといっていいかと」

「それは何なのだ？」

「小栗様や大関様から頼まれていることですが、フランスの援助の下《もと》、横須賀《よこすか》に製鉄所を建設する事業です。異国に頼らず、日本国内でちゃんとした鉄を造り、船や鉄砲、大砲などを製造する。それなしには、いつまでも異国から、それらを高額で購入せざるを得ない。日本が自立して、異国と対等になるには、そういう製鉄所が不可欠だ、という話に、私たち旭屋も一口乗らせてもらおうとしているのです」

「なるほど。でかい構想だな」

「日本の将来を考える小栗様や大関様に、旭屋も、お力をお貸ししたいと思っているのです」

文史郎はあえて訊ねた。

「誠ヱ衛門、旭屋は商売上、幕府贔屓でも、反幕府贔屓でもない、という立場らしいが、ほんとうのところは、どうなのか？　どちらを贔屓しているのだ？」

「商売にお得意様の色付けをしていたら、何もできません。商売には、なにより争いがないことが一番です。戦《いくさ》はないがいい。戦になれば、商売も何もできなくなるでしょう」

誠ヱ衛門はまたえびす顔を取り戻して微笑んだ。

三

江戸湾には風が出はじめた。北からの冬の名残《なごり》のような冷たい風だ。

文史郎たちを乗せた屋根船は、ややうねりの出て来た海原を、風に逆らって、ひたすら大川の河口を目差して進んだ。

船尾では玉吉ら船頭たちが交替で、二本の櫓を必死に漕いでいる。

文史郎は胡坐をかき、腕組をして、あれこれ考えをめぐらせていた。左衛門や大門、小島たちは、いくぶん不安そうな浮かぬ顔で考え込んでいる。

「旭屋誠ヱ衛門の話をきいて、皆、いかがに思った？」

「それがしは会う前よりも、誠ヱ衛門は誠実な人物だと思いましたな。だいぶ正直に話してくれた、と思いますが」

大門は髯を撫でながらいった。左衛門も同意した。

「爺もだいぶ印象を新たにしましたな。幕府に食い込んで荒稼ぎしている政商だと思っていましたからな。きっと悪だくみをしそうな嫌な男だろうと思っておりました。だが、実際に会ってみると大違い。意外に誠実で、正直に話してくれる商人ではありませんか」

小島は浮かぬ顔をして考え込んでいた。

「小島、おぬしは、いかが思った？」

「それがしは、仕事柄、いつも人を疑う癖がついておりましてな。誠ヱ衛門の話は信用ならない、と思っておりました。何か裏がありそうだな、と」

「ほう。どうしてそう思う？」

文史郎はおもしろいと思った。

「それがしの観察眼が間違っているかもしれませんが、ほんとうの悪人というのは、我々捕り方役人の前では決まって正直で誠実であるように装うものなんです。特に何か隠し事をする場合、洗いざらい話しているように見せかけ、肝腎なことは話さず、ほかのことに我々の目を向けさせてごまかそうとする」

「誠ヱ衛門の話のどこが怪しい？」

「隠し蔵のことです。左衛門様が隠し蔵についてお尋ねになったとき、誠ヱ衛門は明らかに動揺した。番頭に訊くなどして、内心の動揺を抑え、旭屋をためにするがせねただと不快な顔をした。あのとき、それがしは誠ヱ衛門がうそをついていると思ったのです」

「ふうむ。さすが八丁堀だな。それがしは気付かなかった。爺は、どうだった？」

「わたしも気付かなかったですな。大門殿は？」

「ふうむ。小島はかんぐり過ぎなのではないか？　小島は荀子《じゅんし》の性悪説なのだろう？　人間の本性は、生れ付き悪であるという」

「そうかもしれません。どうも、人を見る目が偏っていていかん、と自分でも思います」

小島は頭に手をやって掻いた。

「大門、おぬしは孟子《もうし》の性善説か？」

「どちらか、と申すと、そうですな。それがしは人を信じ過ぎる傾向が強い、と自分でも反省はしておるのですが」

「大門が誠ヱ衛門を信じる理由はなんだ？」

「人と形《なり》は、家族を見ればおおよそ分かるものです。あのような美形でおしとやかなお内儀と、愛らしい娘がいる誠ヱ衛門だ。悪いことには手を染めない、と思いましたね」

「ははは。大門らしいのう」

文史郎は左衛門と顔を見合わせた。

左衛門は頭を振った。

「ほんとに大門殿は美形の女子や娘子に弱い。心やさしいから、すぐに他人に騙される。ま、騙す方が悪いので、大門殿が悪いわけではござらぬが」

「まあま、それがしのことはともかく、殿はどうなのです？　いかがお考えになられた？」

大門の問いに、文史郎は腕組をして唸った。

「それがしも、大門と同じく、女子に弱く、人を信じやすいからなあ。誠ヱ衛門の話をきくかぎり、信じたいのう」

　大門は大口を開いて笑った。

「そうでござろう。それでこそ殿でござる。殿が細かいことを詮索したりすると、家来の我々は萎縮してしまう。殿は常に何ごとにも鷹揚《おうよう》でいてほしいものでござる。のう、爺さま、そう思わないか？」

「人をあからさまに爺じい扱いしおって。けしからんやつだ」

　左衛門は不機嫌な顔になった。

「ま、爺さま、許せ。わしは愛情をこめて爺さまと呼んでいる。許してくれ」

「まあ、大門だから許すしかあるまい」

　左衛門は仕方なさそうにうなずいた。

　いつの間にか、船の揺れがなくなっていた。

　掘割の水路に入ったらしい。

　文史郎はみんなを見回した。

「この際だ。問題を整理しよう。その上で、これから、どうするかを決めたい」

　大門も左衛門も小島もうなずいた。

「まず与力高井殿と隠密廻り同心木島殿は、なにゆえ、誰に殺されたのかだが、小島、いかがに思う？」

「高井様も木島も、何か知ってはならないものを知ったために消されたのでしょう。そのきっかけは最初に同じ手口で殺された由比伝次郎にありましょう」

「うむ。それがしも、そう思う。続けてくれ」

「由比伝次郎は、高井様の間諜として浪人たちに潜り込み、内情を探っていたと思われます。だが、疑問なのは、由比がいつから高井様の間諜になったのか、です」

「なるほど。いつ、と見た？」

「由比ははじめから高井様の間諜ではなかったのではないか、と。つまり、高井様の意を受けて、浪人たちに潜り込んだわけではなく、浪人たちの中にいたところを、高井様たちに間諜になるよう強《し》いられた」

「強いられたと申すのか？」

「我々もよくやるのですが、盗人を捕まえるには、捕まえた盗人の弱みを握り、手先に仕立て上げる。多少の悪さをしてもお目こぼしにしたりして、盗人仲間を裏切らせ、密告させる。そうやって盗人を捕まえる。それと同じようなことを高井様たちもやったと思うのです」

「なるほど。由比の弱みを摑んで、仲間のことを裏切らせたというのか」

「小島、八丁堀も結構悪いことをやるなあ」

大門が頭を振った。小島はうなずいた。

「毒をもって毒を制する。巨悪に対抗するには、こちらも多少悪にならねばならないときがあるのです」

文史郎は訝《いぶか》った。

「高井殿は、どうやって由比の弱みを握ったのか、だな。小島は、どう思う？」

「それがしも、由比伝次郎に続いて、高井様や木島が殺されたとき、考えました。高井様たちと由比伝次郎の接点はどこにあるのか、と」

「うむ」

「殿といっしょに、由比伝次郎が目撃された吉祥院の近くの浪人たちの隠れ家に行ったとき、ふと思ったのです。吉原が近いな、と」

浅草寺の裏手にある吉祥院からは、遊廓吉原に通じる日本堤《にほんづつみ》がすぐ側である。

「木島は、最近、高井様とよく吉原へ上がると洩らしていた。それがしが羨ましがると、仕事だ、遊びではない、と吐き捨てるようにいっていた。それを思い出したのです」

「ふうむ。由比伝次郎も近いので吉原に通っていた？　高井殿たちは、そこに目をつけ、吉原で由比伝次郎の弱みを握った？　そういうことか？」

「そうではないか、と」

左衛門がにやっと笑った。

「花魁《おいらん》？　由比伝次郎が惚れた花魁に通う金を渡し、浪人仲間が何をしようとしているのかを聞き出した。そういう筋書きでござるか？」

「おそらく、そうではないかと思うのです。高井様たちは、由比伝次郎から、どんな話を聞き出したのか、それが問題だと思います」

「そうだな。由比伝次郎が洩らしたことが、三人の命を奪う結果になったのだからな」

文史郎はうなずいた。

「小島、吉原に行って由比伝次郎なる者が通《かよ》っていなかったか、もし、通っていたら、誰の馴染みになっていたか、調べることができるか？」

「吉原は町方奉行所の管轄ではないのです。あそこは勘定奉行の管轄で、我々町方が勝手に入って調べることはできないのです。もちろん、協力はしてくれるでしょうが、通っているお得意さんについて、べらべら喋ることはない。幕府のお偉いさんが混じっているかもしれませんからね」

「高井や木島は、どうだったのだ？」

「木島の話では、客として行っていたらしいです。それで廓の中で、女郎や管店《ばんとう》、遣《やり》手婆《てばばあ》と交渉して、聞き込むしかないのです」

「そうか。では、それがしが吉原に乗り込むしかないか」

「殿、拙者も御供します」

大門がさっそくに名乗りを上げた。

「ここは傅役《もりやく》の爺の出番でしょう。殿が悪い花魁に引っかからぬよう、爺が目を光らせます」

文史郎は溜め息混じりにいった。

「分かった分かった。二人の要望は聞き置く。いまは吉原遊びの相談ではないぞ」

小島が苦笑しながらいった。

「それと、いったい、殺された由比伝次郎は何者だったのか、これは奉行所としても知りたい。遺族へ知らせる必要もありますので」

大門が口を開いた。

「そういうことでは、由比伝次郎の仲間だった浪人たちは何者なのかも知りたいですな」

「一人は、確か織田といっていましたな。あの覆面の剣客は、確か小宮山玄馬。彼らはどこの者たちなのでしょうな」

左衛門が考え込んだ。

小島が付け加えるようにいった。

「ほかに、旭屋の隠し蔵はほんとうにないのか、もありますよ」

「旭屋は信用できぬというのだな？」

「はい。それがしは、誠ヱ衛門は何か隠しているような気がしてならないのです。それが隠し蔵だと思うのですがね」

船縁が何かに当たる物音がした。

「殿、皆さん、着きましたぜ」

玉吉の声が障子戸越しにきこえた。

大門が障子戸をがらりと引き開けた。

屋根船が船着き場の桟橋に横付けしていた。

春の陽射しに映えた南町奉行所の甍《いらか》が築地塀越しに見えた。

四

文史郎たちは、座敷に三人並んで正座し、頭を垂れていた。

「文史郎様、いったい、どういうことですか？　またそれがしを除者《のけもの》にして花見にも誘ってくれず、町方奉行所からの依頼を引き受けたというのに、それがしにはまったく知らせてもくれない。それがしも、大事な相談人の一人だとおっしゃっていたのは、どこの誰ですか」

弥生《やよい》は柳眉《りゅうび》を吊り上げ、文史郎や左衛門、大門を詰《なじ》っていた。若侍姿の弥生は勢い良く竹刀《しない》を畳に叩きつけた。

文史郎たちはびくっと軀を動かした。

「いや、決して、そなたをないがしろにするつもりは……」

「ない、とはいわせません。それがしをないがしろにするだけでなく、あろうことかこそこそと吉原遊びの相談をなさっていたでしょうが」

「誰がそんなことを……」

文史郎は左衛門や大門に目をやった。左衛門も大門も頭を左右に振った。

「告げ口したか、というのですか。やっぱりほんとうのことだったのですね」

「これには、いろいろ訳がござって」

「それはそうでございましょうよ。さぞ、立派な訳があるのでしょうよ」

弥生は一向に怒りが収まらなかった。

文史郎は、弥生の後ろでやはり項垂《うなだ》れている小島に、なんとかしてくれ、と目で哀願した。

小島は、申し訳ありません、と両手をついて頭を下げた。

文史郎は心を決めた。

こうなったら、ひたすら謝るしかない。

文史郎は弥生の前に両手をつき、頭を下げた。畳に額が付くほどに頭を下げる。

「申し訳ない。余が悪かった。弥生に知らせるのを、すっかり忘れておった。済まない。許してほしい」

「爺も、悪うござった。謝る」

「右に同じ。御免なさい」

一呼吸の間《ま》があった。

文史郎たちは頭を下げたままでいた。

やがて弥生は吹き出した。

「まあまあ。三人とも、大のおとなが悪さをした小僧のようですよ。小娘のわたしに謝るなんて……」

「許してくれるか」

文史郎は顔を上げた。左衛門も大門もいっしょに顔を上げる。

弥生はにこやかな笑顔だった。文史郎たちはほっとして顔を見合わせた。

「仕方ないでしょう。そう謝られては」

弥生はあらためて正座し直した。顔が引き締まり真顔になっていた。

「お願いでござる。どうか、それがしを一人前の相談人として扱っていただきたい」

弥生は男言葉でいった。強い口調だった。

「女だてらになどと思わないでくだされ。それがし、相談人たるときは、女を捨てております」

「……勿体《もったい》ない」

文史郎は思わず呟いた。

「なんですって？」

「いや、分かった。よう分かった。もう、二度とないがしろにすることはない。約束する」

「ほんとうですね。約束ですよ。武士の習いの剣の鍔《つば》にかけて」

弥生は大刀の柄に手をかけ、刀を少し押し出した。刀を鞘に納めて鍔を鳴らした。

文史郎も左衛門も大門も、うんざりした顔で、腰の小刀を少し押し出し、同様に鍔を鳴らして納めた。

弥生はやっと満足したらしく、ようやく、いつもの穏やかな顔付きになった。

やはり、弥生は怒った般若《はんにゃ》顔よりも菩薩《ぼさつ》様の笑顔がいい。

「しかし、弥生、どうして、我々がここにいると知ったのだ？」

文史郎は恐る恐る訊いた。

「私も相談人の一人ですよ。そのくらいの推理は働きます。皆さんが道場に稽古に来ないので、何かあったな、と思った。それで長屋を訪ねたら、お福さんやお米さんから、花見でのことやら、人斬りがあったことやら、洗いざらいおききしました」

文史郎は左衛門と顔を見合わせた。

そうか。お花見に連れて行っていれば、こんなことにはならなかったのだ。

「それで、何か仕事が入ったのだな、と思いました。それで口入れ屋の権兵衛殿にお尋ねしたら、権兵衛が飛び上がって仰天した。自分はきいていないと。それで、あちらこちらを調べてくれて、奉行所から相談があったと分かったのです。それで、ここで、お帰りをお待ちした次第です」

「そういうことだったか。しかし、参ったな。権兵衛にも話をすべきだったが、うっかりして忘れてしまった」

文史郎は溜め息をついた。弥生が笑った。

「そうですよ。文史郎様、口入れ屋の権兵衛殿に仕事のことをいっておかねば、それは権兵衛殿もへそを曲げますよ」

左衛門が訊いた。

「権兵衛殿は怒って帰ったのかな」

「いえ、とんでもない。いまは奥で、お奉行様や与力頭の桜井静馬殿と談判しています。依頼された件につき、どのような条件になるかを話し合っているはずです」

「そうか。権兵衛も商売人だものなあ」

「相談人の仕事を広めてくれているのは権兵衛だもの、それは怒るだろう」

左衛門と大門は口々にいい、頭を振った。

噂をすれば影だ。

廊下を歩いてくる権兵衛と桜井静馬の話し声がきこえた。権兵衛が座敷の入り口から顔を見せた。

「いやあ、相談人の皆さま、お戻りでしたか。いやあ、お疲れさまでございました」

権兵衛は上機嫌で文史郎たちに挨拶し、座敷に入って来た。与力頭の桜井も満面に笑みを浮かべている。

「おう、ちょうどよかったですな。文史郎殿、相談人の皆さんに、お伝えしたいことがいくつかあり申した」

桜井は床の間を背にした文史郎の前に進み出て、きちんと膝を折って正座した。権兵衛が傍らに座る。

「どのようなことでござろうか」

「知り合いの公儀隠密の者にお会いし、あちらが調べていることをおききしたのでござる」

「それはよかった。で、話というのは？」

桜井は声を低めた。秘密めかしていった。

「公儀隠密が調べているのは、幕府が横須賀に建設しようとしている我が国初の西洋式製鉄所を邪魔しようとしている輩についてでござった」

「うむ」

「尊攘激派の長州浪人や薩摩浪人ら過激分子が、製鉄所建設を妨害し、破壊しようと狙っているのでござる」

桜井静馬は口早に説明した。

もし、我が幕府が製鉄所を持てば、異国から鉄砲や大砲を買わなくても済む。国産の武器を製造することができる。そうなれば幕府は英仏米ロシアなどの異国と対等に付き合うことができる。

さらには、幕府は軍事力を強化し、最近、急速に力を蓄えつつある西国大藩、薩摩や長州、土佐、肥前などに十分に対抗できる。

「製鉄所建設の妨害や破壊だけではありません。幕府の陸軍や海軍を異国並みにしようという幕府要路を暗殺しようと企んでいるというのです」

「もしや、勘定奉行の小栗上野介殿や陸軍奉行の大関増裕殿の命も狙っているというのか？」

「そうでござる。さらに、製鉄所建設を積極的に技術援助してくれるフランス公使レオン・ロッシュをはじめとするフランス人技術者たちも襲おうと企んでいるらしい。ともかく、敵は、幕府の製鉄所の建設を妨害するためなら何でもする。公儀隠密は、そのため、彼ら尊攘激派の動向に神経を尖らせているのでござる」

「なるほど。そういうことか。では、製鉄所造りを資金的に応援している旭屋も、尊攘激派から狙われている怖れありだな」

「さようでござる。旭屋も狙われましょうな」

「さて、どういたすか」

文史郎は考え込んだ。

桜井静馬は続けた。

「ただし、旭屋誠ヱ衛門は、したたかな商売人でござる。公儀の調べでは、旭屋は幕府に金を出すとともに、尊攘激派にも密かに金を出して、己の身や商売には被害が及ばないよう二股をかけております」

「ほほう。旭屋もやるのう」

文史郎は左衛門や大門と顔を見合わせた。

桜井はうなずいた。

「高井と木島は公儀隠密と連携し、旭屋に出入りする尊攘激派の浪人たちの行方を調べていたようです。その矢先に、二人はあいついで敵の刺客に殺された。公儀隠密も驚いていたのでござる」

「最初に殺された由比伝次郎についてだが、公儀隠密は何か掴んでおったのか？」

「高井が当人からきいたことが、公儀隠密に伝わっております」

桜井静馬は懐から紙を取り出して開いた。

「由比伝次郎は元肥前藩士だそうです。大砲の扱いに慣れており、肥前藩では大砲隊の準指揮官を務めていた。だが、婿入りの話がどういう理由でか壊れたのをきっかけに脱藩した」

「ほう。婿入りがうまくいかなかったというのか？」

「由比伝次郎は次男坊。おそらく部屋住みの冷飯組だったのだろう。ともあれ、女に振られたか、相手に縁談を断られたか分からぬが、それをきっかけに藩を出た。長州に渡り、長州浪人たちといっしょに京都に上《のぼ》った。そこで新選組に追われて危うく死に損なった。今度は江戸で一暴れしようという浪士たちに誘われ、江戸に下ったということでござった」

「その仲間の名はきいておらぬか？」

「何人かは分かっています。一人は織田友成《ともなり》。長州浪人。もう一人は、沢島申之介《さわしましんのすけ》という薩摩浪人。さらに、江戸で合流した小宮山玄馬という剣術遣いがいる」

「小宮山玄馬ですと？」

左衛門も大門も小島も身を乗り出し、聞く耳を立てた。

文史郎が訊いた。

「その小宮山玄馬は、いったい何者なのだ?」

「この玄馬については由比伝次郎もよく知らなかったらしい」

「流派は何だと申しておったか?」

「それも分からない。本人は答えないそうなのです」

「どんな男なのかな?」

「小宮山はいつも覆面で顔を隠しているので、その素顔を見た者は少ないらしい」

「ふうむ」

「由比伝次郎は、一度小宮山の素顔を見たことがあるそうです。ある日、由比伝次郎が外から帰ってくると、ちょうど湯から上がって来る玄馬に廊下で出会った。玄馬はさっと手拭いで顔を隠したが、一瞬、顔が見えた。顔の半分が赤黒い火傷の痕も痛々しかったそうです」

「火傷の痕か」

「何があったのだろう?」

文史郎は左衛門や大門と顔を見合わせた。

「玄馬については、あとは言葉の訛《なま》りが関東らしい、とのことでしたな」

「つまり、長州でも薩摩でも、上方《かみがた》でもないということか」

「そうです」

文史郎は腕組をした。

「ところで、高井たちは、どうやって由比伝次郎を籠絡《ろうらく》して間諜に仕立て上げたのか？」

桜井静馬は広げていた紙を畳む手を止め、文史郎に向いた。

「それが本人の偶然の不始末があってのこと」

桜井は含み笑いをした。

「どんな不始末なのだ？」

「由比伝次郎は生来の女好きで、江戸へ来てから、吉原通いを始めた」

やはり、と文史郎は左衛門と顔を見合わせた。浅草寺の裏手になる吉祥院あたりに隠れ家があれば、吉原は目と鼻の先だ。浪人たちのなかには、好き者もいるだろうから、吉原通いをする者も出て来ると見ていた。

「ある日、由比伝次郎は、金がろくにないのに廓《くるわ》に上がり、結局、居残りになった」

居残りとは、廓の料金が払えなくなると、仲間か親族の者がお金を持って来るまで、廓から出られない仕置きである。誰かが金を出してくれない、となると、廓の若い衆に身ぐるみ剝がされ、筵に簀巻《すまき》にされ、大川に放り込まれる。

「居残りに罰を与えるといっても、相手がいわくのありそうな浪人者となると、後々煩《うるさ》いことになりかねない。そこで廓の大管店《おおばんとう》が町方同心の木島に相談した。木島は相手が浪人者ときいて、会ってみたら由比伝次郎と分かった。そこからは、ご推察通り、与力の高井が乗り出し、敵娼《あいかた》に会いたい一心の由比に、少しずつ金を渡し、間諜に仕立てたということでござる」

「その敵娼の花魁の名は？」

「皐月《さつき》でござる。吉原では、一、二を争う美しい花魁とのこと」

「ふうむ。皐月のう。由比伝次郎は、どんないい女子の馴染みになったのか。その皐月とやらに会ってみたいものだのう」

ふと、弥生が冷ややかな目で見ているのを感じた。文史郎は慌てて付け加えた。

「いや、これは遊びではない。由比伝次郎が寝物語にでも、何かいっていなかったか、それを訊くためだ」

「どうだか」弥生が冷たくいった。

左衛門がじろりと文史郎に目を流した。

「男の悲しい性《さが》でござろうな。惚れた女子に入れ揚げ、節まで曲げてしまうというのは。殿も女子にはくれぐれもご用心なされよ」

「爺、それがしに話を振るな。変に疑われるではないか」

文史郎は咳払いし、桜井に向いた。

「高井殿と木島は、その由比伝次郎から、何か聞き出してはおらなんだか？」

「それが分かれば世話はありません。おそらく、高井たちは由比伝次郎から重要な話を聞き出したと思われます。その日の夜から四日ほどで、三人はあいついで殺されたのですからな」

「高井殿も木島も何か書き残さなかったのか？」

「ありませんでしたな。書き物もしないうちに襲われたのでしょう。念のため、高井殿の御新造や木島の御新造にもあたったのですが、何も書き残さなかったし、伝言らしいものもなかったそうです」

「八方塞がりだな」

文史郎は腕組をして考え込んだ。

左衛門が考え考え訊いた。

「さきほど、由比伝次郎は浪士隊に入っていると申されたな。浪士隊の隊長は誰と分かっておりますかな？」

「浪士隊の頭は、織田友成。さらに浪士隊には、その上に総隊長がいて、その男は長州浪人の大物とのこと。本名は分からないが、みんなから井上《いのうえ》さんと呼ばれているそうだ」

「井上?」

「その井上が江戸にある浪士隊を束ねているそうだ」

大門が顎鬚を撫でた。

「かなりちゃんとした組のようですな」

「それで公儀隠密も緊張している。小さいうちに芽を摘みたい、そういっていた」

左衛門が訊いた。

「ところで、公儀隠密の誰と連絡を取ればいいのですかな?」

「…………」桜井静馬は一瞬、話していいものかどうか迷った様子だった。

「これは、あくまで内密に。勘定奉行支配下の普請役中山左近《なかやまさこん》殿と連絡を取ってくだされ。それがしの方からも伝えておきます」

「勘定奉行支配下といえば、小栗上野介殿の配下ということか?」

「その通りでござる」

「ならば、話は早そうだな」

「しかり。中山殿はみな分かっております」

文史郎は組んでいた腕を解《ほど》いた。

「玉吉はいるか？」

「へい。こちらにおりやす」

廊下の方から玉吉の返事があった。

「ちょっと来てくれ」

「へい」

玉吉は足音も立てずに座敷の出入口に進んで座った。

「入れ」

「へい」

玉吉は膝行して文史郎たちの前に出た。

文史郎は、桜井静馬に玉吉を紹介した。

その上で、文史郎はいった。

「調べてほしいことがある」

「なんでやしょう」

文史郎は小声で指示を出した。

「分かりやした」

「権兵衛、とりあえずの軍資金を」

文史郎は権兵衛に目配せした。

「え？」権兵衛はきょとんとした。

「けちけちするな。権兵衛。必要な金だ」

「は、はい」

権兵衛はしぶしぶと懐から金子《きんす》を出し、玉吉に手渡した。

「では」

玉吉は懐に金子を仕舞い込み、さっと立った。後退りし、廊下に出ると、足音も立てずに姿を消した。

あたりが暗くなりはじめていた。どこかで寺鐘の音が響いていた。

五

柱谷中馬は、供侍二人を連れて、本郷の武家屋敷街を訪れた。

藩の抱え屋敷には、在所でしばらく郡代を務めていた坂脇豪衛門《さかわきごうえもん》がいる。

坂脇豪衛門は歳を取り、殿からお暇をいただいて、在所の山中に引き籠もるつもりだったが、殿がお許しにならなかった。

坂脇豪衛門は中老並みの待遇で、江戸中屋敷の留守居役に取り立てられ、去年までお勤めに励んでいた。

坂脇が殿から尊重されるには理由がある。

坂脇が郡代時代に、あの男を見出し、家老の下に連れて来たのだ。

男は領内の川で漁をして暮らしを立てる漁師の養子だった。

坂脇は、その男を少年のころから目をかけて、剣技を教え込み、一人前の剣士に育て上げた。

男は身分が低かったので、苗字もなく、ただ鬼作《きさく》と呼ばれていた。

郡代坂脇は、その少年が大きくなると、自分の家の小者に雇った。

当時、藩内には藩政改革を求める若手家老の待田謙吾と、守旧派の筆頭家老岡崎大善《おかざきだいぜん》が激しく対立していた。岡崎は密かに刺客を何人も、待田に差し向け、改革派を一挙に葬り去ろうとしていた。

そのとき、改革派の一人だった坂脇豪衛門が、家老の待田に差し向けたのが、鬼作だった。

坂脇は小者の鬼作が十分な働きをした暁には、本人の願い通り、ぜひ、士分に取り立てるよう、家老の待田にお願いしていたのだ。

はたして、鬼作は不思議な暗殺剣を遣い、待田の期待に応えて、相手の放った刺客を討ち果たした。それだけでなく、待田に命じられるままに、筆頭家老の岡崎大善ら政敵たちも葬り去った。

いまから二十年ほど前のことだ。

柱谷中馬は、当時、まだ元服前の少年で、藩内で何が起こっていたのかは、よく理解できていなかったが、陰気な顔付きの鬼作のことは、よく覚えている。

鬼作の剣法は自己流で、いずれの流派の剣法の流れも汲まず、自ら暗闇剣と称していた。

筆頭家老になった待田は、願い通り、鬼作を士分の下士に取り立て、五十石の扶持も与えた。鬼作は、そのとき、苗字帯刀を許され、名前も小宮山玄馬となった。小宮山の姓は、在所の小山の名から取り、玄馬は剣客に似合うと思ったからだという。

年齢は正確には分からないが、坂脇豪衛門が彼を自分の家の小者に雇ったとき、二十歳ほどの若者だったときくから、いまは不惑ほどになっているはずだ。

足軽に取り立てたものの、在所での玄馬の素行は悪く、酒を飲んで暴れたり、さまざまな悪さをした。女を手籠《てご》めにしたり、豪農に押しかけては金の無心をしたり。諫める上司には逆に脅しをかけたりと、手が付けられなかった。

あるとき、玄馬は己が惚れた女子の許婚《いいなずけ》を暗闇剣で闇討ちしてしまった。

玄馬のあまりの素行の悪さに怒った御上は、家老の待田に玄馬を捕らえ、厳罰に処せと命じた。

藩内には、かつて玄馬に討たれた岡崎大善の縁《ゆかり》の者たちが不穏な動きを取りはじめ、改革派討つべしという声が大きくなり、対立が再燃しかかった。

危機感を抱いた家老の待田は御上を宥めるとともに、一方で玄馬に対し、山奥の山小屋に謹慎を命じ、暗闇剣も以後封印するように命じた。

その玄馬が脱藩し、在所を抜け出し、江戸に入ったと見られるのだ。それも、藩の下屋敷と目と鼻の先の桜見物で賑わう隅田堤に、まるで藩の者たちに見せ付けるかのように、喉元をぱっくりと開いた死骸三体も放置した。

二十年前、在所で筆頭家老の岡崎や刺客たちが殺されたのも、桜が咲き乱れる名所でのことだった。

柱谷中馬たちは、中屋敷の門を潜ると、馬から飛び降りた。門番や馬丁が駆け付け、馬の轡《くつわ》を取った。

中馬は玄関先の式台に迎えに出た用人に尋ねた。

「留守居役の坂脇豪衛門殿は居られるか?」

「……居られますが、寝所に伏せって居られます」

「ご病気か?」

「はい。ご高齢でございますし」

「さようか。お会いできぬか? 至急の用事があるのだが」

「奥方様にきいて参ります。柱谷様、お上がりになられて、お待ちいただけますか?」

「うむ。頼む」

用人は静かに奥へと消えた。

中馬は二人の供侍に上がろうと促し、先に控えの間に入った。

中馬は腕組をして考えた。

いま、玄馬はいずこにいるというのか?

なにより暗闇剣とは、いかなる剣なのか?

暗闇剣の恐ろしさはどんなものなのか?

廊下に足音がし、さきほどの用人が戻って来た。

「柱谷中馬様、坂脇豪衛門様がお会いいたすそうでございます」

「うむ。かたじけない」

「ご案内いたします」

中馬はさっそくに立ち上がり、用人のあとに続いた。中馬の後ろから、二人の供侍がついて来る。

寝所は廊下の奥にあった。

分厚い蒲団の上に、痩せ細った老人が横たわっていた。枕許に同様に年老いた媼《おうな》が一人、付き添っていた。

中馬は蒲団の傍らに座り、坂脇豪衛門に頭を下げた。

「お久しぶりにございます。坂脇様」

「おう。おう。誰かと思うたら、柱谷中馬殿ではないかね」

坂脇は蒲団の上に身を起こそうとした。

老女が坂脇の軀を支えた。

「あなた、ご無理はなさらないでください。お医者様も、そういっていたでしょ」

「藪医者のいうことなんぞきけるか」

坂脇は苦々しくいい、老女に支えられ、ようやく蒲団に上半身を起こした。老女が坂脇の背に枕や蒲団を差し込み、楽な姿勢になるようにした。

以前に会ったのは五、六年も前になるが、そのときよりも、坂脇の顔の老人シミが拡がり、皺が増えていた。白髪混じりの髪は少なくなり、髷もお義理のように小さく結ばれている。

かつては、郡代として領内の村々を精力的に歩き回り、村の庄屋や百姓、小作人とも膝を交えて話をし、みんなの不平不満や生活の不安の相談に乗って来た。そのため、坂脇は藩の役人にもかかわらず、自分たちの味方と信頼され、尊敬されていた人物である。

坂脇は在所に古くから伝わる開元流《かいげんりゅう》の免許皆伝を受けた剣の遣い手だった。いまでこそ、開元流はすたれてしまい、継承する者は坂脇豪衛門を除いてはいない。坂脇は、なぜか、その開元流を自らの代で閉じ、継承者は作らなかった。

その坂脇も加齢には勝てず、もう八十の歳を越えている。しかし、老いてなお、気骨を失わず古武士然としている姿に、中馬は尊敬の念を抱いた。

「突然にお訪ねしたのは、小宮山玄馬のことにございます」

「……また玄馬は何かをやらかしたのだな？」

坂脇は目を瞑り、中馬の話に耳を傾けた。

「隅田堤付近で、あいついで三人の斬殺死体が上がりました。いずれも、喉元をすっぱり斬られ、口を開いたような死骸でした」

「……ふむ。おぬし、死骸を見たのか？」

「はい。家中の者から知らせを受け、すぐに現場へ行き、死骸を検分しました」

「斬られたのは？」

「一人は浪人者でしたが、残る二人は町方奉行所の与力と同心とのこと。幕府もお膝元での殺人事件なので見逃さず、総力を上げて調べようとしています」

「……桜の季節、川の畔。そこでの人斬り。確かに以前と似ておるな」

「はい。まず、玄馬の仕業と見て間違いないかと」

「しかし、玄馬は在所の山中に逼塞《ひっそく》しておったはずだが」

「先ごろ、玄馬は脱藩しました。噂では都に上ったともいわれましたが」

「なに、在所を出て、都に？　何をしに」

坂脇は目をかっと開いた。

「おそらく、玄馬の耳に尊皇攘夷を吹き込んだ者がいると思われます」

「玄馬が尊皇攘夷に身を投じたと申すのか？」

「はい。藩論に逆らい、上洛し、尊攘激派の浪人たちに混じって、江戸に舞い戻ったものと思われます」

「ふうむ」

坂脇は老女に「白湯《さゆ》を」と呟いた。老女は枕許の盆にあった水差しを取り上げ、湯呑み茶碗に白湯を注いだ。

坂脇は痩せ細った腕をぶるぶると震わせて伸ばし、湯呑み茶碗を受け取った。口許に湯呑み茶碗を運び、白湯を啜るように飲んで喉を潤した。

「ご家老から、脱藩者として玄馬を討ち取れというご下命がありました」

「さようか」

坂脇豪衛門は気のない返事をした。

「坂脇様のお耳にも入れておくように、との仰せで、お訪ねした次第にございます」

「家老の待田が、そんなことを申しておったか」

坂脇は力なく笑った。

「玄馬はほんとうに仕方のない男だ。あれほど、わしが暗闇剣を封印せよと言い渡しておいたのに、耳を貸さなかった」

中馬はあらたまっていった。

「ご老体、暗闇剣について、お教え願いたいのでござるが」

「うむ。その責任は感じておる」

坂脇は老人には珍しく鋭い鷹の目で中馬を見た。

「と申されるは？」

「捨て子だった孤児の鬼作に剣を教え、闇の暗殺者玄馬に仕立て上げたのは、わしだった。いわば、わしは玄馬の育ての親だ」

「さようでござったか」

中馬は坂脇の意外な告白に内心驚いた。恐る恐る訊いた。

「では、暗闇剣は坂脇様が教えたと申されるか？」

「さよう。それがしが鬼作を、山野で徹底的に鍛え上げ、授けた直伝の開元流の殺人剣だ」

中馬は息を飲んだ。

「……どのような剣でございますか？」

「暗中に死神となる。……奥義は分からぬだろうな。これは口伝《くでん》では教えられぬ。真剣の刃を交わらせることなしにはな」

坂脇は口許を歪めて笑った。孤影を宿らせた笑みだった。

「老いぼれのわしには、悲しいことに、最早立ち合って、おぬしに教える力が残っておらぬ」

「それがし、玄馬を討つためには、なんとしても暗闇剣を打ち破らねばなりませぬ。そのためには、ぜひとも……」

坂脇はぽつりと呟くようにいった。

「得物が刀ではない」

「なんですと？　得物が刀ではないのですか。では、いったい何だというのです？」

坂脇は目を閉じて、すぐには答えなかった。

「開元流は、常在戦場を旨とした剣法だ。その場にある物、なんでもいい、あらゆる物を武器として遣い、相手を打ち倒す」

「玄馬は、その開元流を体得しているのでござるか」

「さよう。鬼作は、川の漁師夫婦に預けたこともあって、川辺の葦《あし》を刈る鎌が、最も遣い勝手のいい得物になった」

「草刈り鎌でござるか？」

中馬は唸った。

鎌の動きは、刀と違って、尋常な攻め方ではない。受けも普通の太刀の受けとはまるで違うだろう。

鎖鎌は、武芸百般の一つとして、いくつもの流派がある。それらは、もともと刀を持たぬ草莽《そうもう》の者たちが、武士の剣に対抗して、編み出した護身の武術だ。

「しかし、鎌は鎌でも、鬼作に習得させた鎌は、尋常な鎖鎌術ではない。暗闇において、人を斬る必殺の暗殺剣だ。心してかかれ。玄馬は容易な相手ではないぞ」

「はい。心しておきます」

中馬は腕組をし、考え込んだ。

「しかし、玄馬はいずこにおるのか。玄馬を探すことが肝要でござる」

坂脇は、いま一度湯呑み茶碗の白湯を口に含んだ。ごくりと喉が鳴った。

坂脇は呟くようにいった。

「……いずれ、玄馬はわしをここに訪ねて参ろう。いや、参るはずだ。わしを殺しにな」

「ご老体、それは、なぜに、でござる？」

「わしは、一度ならず、玄馬を亡き者にしようと玄馬の許に刺客を送り込んだ。わしの教えよろしく、いずれも玄馬は斬り抜け、生き延びた。最後には、刺客に山小屋を焼き打ちさせ、家族もろとも葬り去ろうとした」

「家族もろともでござるか」

「そうだ。そのころ、玄馬は妻を娶り、一女を授かっていた」

「……なんということを」

中馬は愕然とした。この、いまにも死にそうな老人が刺客を送り、妻子もろとも玄馬を殺そうとしたのか？

「あやつ、玄馬は燃え盛る家に飛び込み、妻子を助けだそうとしたが出来なかった。玄馬だけは助かったが、顔や手足に大きな火傷をした。それ以来、玄馬は人里離れた山中に籠《こも》り、さらに剣の修行を積んだ。おそらくわしに復讐するためにな」

「玄馬は、そのような目に遭っていたのですか。あまりにも酷《むご》い仕打ちでございますな」

「驚いたか？」

「しかし、坂脇様は、なぜ、玄馬を亡き者にしようとしたのでござるか？」

「上意《じょうい》だ」

坂脇豪衛門は吐き捨てるようにいった。

殿のご命令だというのか？

中馬は驚き、まじまじと目の前の老人を見つめた。

「なぜ、殿が、そのようなご命令を？」

「殿は、前代の殿がわしたちに命じて行なわせた守旧派の粛清の償《つぐな》いを、わしや玄馬に負わせ、それで藩内にくすぶる岡崎らの遺族たちの遺恨を収め、対立の幕引きにすると申されていた」

中馬は老人に向き直った。

「ご家老は、当然のこと、殿のご意向を知っておられるのですな」

「知らないでか。ご家老が殿を焚き付けて、邪魔になった玄馬とわしに、すべての責任を負わせるつもりなのだ」

「馬鹿な。ご家老が、なぜ、そのようなことをなさる」

坂脇は、皺だらけの顔を綻ばせた。

「保身だ。保身のためには、人を犠牲にするのを厭《いと》わない」

「では、ご家老は、小宮山玄馬が脱藩したことを知らせても、さほど驚かれなかった。すでに、ご家老はそのことを御存知だったのか？」

「知っていたに決まっている。ご家老は知らぬふりをしているだけだ」

「ご家老は、それがしに嘘をついたのでござるか？」

「そうだ。それが政治というものだ」

「政治ですと？」

「政治は常に誰かを犠牲にして行なわれるものだ。前回は筆頭家老たちが犠牲になった。今度は、わしらの番だ。それだけのことだ」

「坂脇様は、ご家老に怒らないのですか？　ご家老だけがぬけぬけと生き延びるのですぞ」

「これも、わしの運命。運命は変えられない。まして、人を殺めさせた責任からは逃れられない」

「しかし、ご家老は……」

「今回は逃れることができるかもしれないが、待田殿も、いずれ、わしと同様、責任を問われることになる。そうでなければ罪を背負って地獄に行き、そこで閻魔《えんま》様の裁きを受けることになろう」

坂脇はか細く笑った。

「いま一度いう。玄馬は捜さずとも、必ずわしに会いに来る。それが、今夜か、あるいは明日、明後日かは分からぬが。わしは、それを楽しみにしておるのだ」

坂脇は突然、弱々しく咳き込んだ。老女が傍らに寄り、背中をさすった。

「あなた、長いお話はお体に障りますよ」

「うむ。久しぶりに話したら疲れた」

坂脇はのろのろと老女の手を借りて、蒲団に横たわった。

中馬は坂脇の話に、しばらく茫然としていた。

六

三味線の賑やかな清掻《すががき》が、楼から響いてくる。

文史郎は、左衛門と大門とともに、吉原の大門《おおもん》を潜った。すでに先に権兵衛が廓に入り、皐月に会えるよう交渉をしてくれることになっていた。

仲之町《なかのちょう》の道の両側に、いまや盛りと咲き誇る花を付けた桜の木々が植えられて、並んでいる。

本日は吉原恒例の桜祭りで、遊女たちの紋日《もんび》。いつもなら廓遊びの男衆しか入れない吉原も、今日一日は、女子供も見物に入ることができる日だ。

そのため、日ごろ、縁のない町人や武家、さらには、お内儀さんや娘子が、一目見ようと見物に押し寄せている。

引《ひ》き手《て》茶屋の先には、大籬《おおまがき》、中籬などの遊女屋が軒を接して並んでいる。

文史郎はあたりに漂う脂粉の匂いに鼻をひくつかせた。

「殿、いいですなあ。やはり、吉原は美しい女子がたくさんおりますな」

大門がにやけた顔で文史郎にいった。左衛門がむすっとした顔で応えた。

「大門殿、ここには、遊びに参ったのではござらぬぞ。くれぐれも廓に上がろうなどと思わないでくださいよ」

「分かった分かった。上がりたくても、金がない」

大門は苦笑いした。左衛門は文史郎にも釘を刺すようにいった。

「殿もです。さっきから、心ここにあらずでふらついておりますぞ」

「爺、そうからかうな」

文史郎はきょろきょろとあたりを見回した。

引き手茶屋の一軒から、権兵衛が顔を出した。権兵衛は人込みに文史郎や左衛門を見付けて手を上げた。

「殿、話がつきました」

権兵衛は人込みを掻き分けながら、文史郎たちのところにやって来た。

「茶屋の番頭さんが皐月さんの大籬に案内してくれます」

権兵衛の後ろに、引き手茶屋の番頭が一人付いて来ていた。

「じゃあ、番頭さん、案内を頼むよ」

「へい。では、皆さま、どうぞ、こちらへ」

番頭は見物客の雑踏で賑わう仲之町を先に立って歩き出した。

「番頭、皐月という花魁は、どちらの店にいる？」

「へい。京町《きょうまち》の大籬梅屋《うめや》さんでやす。さ、皆さん急いで」

番頭は落ち着かぬ様子だった。文史郎は急ぎ足になりながら訊いた。

「番頭、どうして、そんなに急《せ》かすのだ？」

「へい。間もなく花魁道中が始まりますんで。皐月さんも道中をやることになってます」

「そうか。では、皐月に会うのは、花魁道中のあとでも構わないが」

「そうはいかないんで。皐月さんは道中が終われば、すぐにお馴染みさんのところに上がらねばなりません。ですから、道中に出る前にお会いになるのが一番でございやす」

番頭は一軒の大籬の店先で足を止めた。

店の看板に「梅屋」とあった。

「こちらでやす」

番頭はそういい、大籬の店にひょこひょこと入って行った。

「いらっしゃいませー」の声が上がった。手代たちが文史郎たちの前に、どっと現れて出迎えた。

「お客さま、おなりいい」

「ちょっと、待て待て」

左衛門が大きく手を広げて、文史郎を庇った。

「わしらは客にあらず」

左衛門の大音声《だいおんじょう》に手代たちが面食《めんく》らった顔になった。

権兵衛が慌てて手代たちの前に出た。

「茶屋の曙《あけぼの》やから紹介されて来ました。番頭さんが……」

店の中から、茶屋の番頭が顔を出し、済まなそうにいった。

「権兵衛様、皐月さんは、本日は紋日、馴染みのお客様をおもてなす大事な日です、馴染みのお客様にしかお逢いしない、初見《しょけん》のお客様は、申し訳ありませぬが、別の日においでください、とおっしゃっているそうです。はい、申し訳ございません」

「殿、いかがいたしましょうかねえ?」

権兵衛も困った顔になった。

「では、番頭、皐月殿に、こういってくれ。それがし、馴染みの由比伝次郎について、ぜひに、おぬしにお伝えしたいことがある、と」

「へい。少々お待ちを」

番頭は店の中に引っ込んだ。籬の格子窓に番頭と話をする遣手婆の姿が見えた。遣手婆が格子の間から、文史郎を覗き、値踏みする気配があった。

番頭が顔を覗かせてきいた。

「すんまへん。旦那様のお名前を、と」

「大館文史郎と申す」

左衛門が急いで付け加えた。

「剣客相談人をいたしておるとも伝えてくれ」

「剣客相談人の大館文史郎様にございますな」

番頭は店内にまた引っ込んだ。遣手婆が番頭から話をきき、うなずいた。

遣手婆といっても、「婆さん」ではない。元遊女として店に出ていたが、いまは客を取らずに、若手の振袖新造や花魁の身の周りの世話や馴染み客との間を取り持つ役となっている。

遣手婆は楼主に代わって、遊女たちを厳しく管理、教育する役目も担《にな》っている。たいていは遣手婆は年増女だが、中にはいまも容色が衰えていない者もいた。

「皐月は、どう出ますかね」

　左衛門が文史郎に囁いた。

　権兵衛が物知り顔でいった。

「由比伝次郎が皐月にとって、どの程度の馴染みだったか、分かると思いますよ。逢いたくないとか、本人でなければ逢わないとかいったつれない返事だったら、たいした馴染みではなかったことになるでしょうし」

　権兵衛は文史郎たちの中では、吉原に足繁く通ったこともあり、最も詳しかった。

　そこかしこから、浮き浮きした三味線の音がきこえてくる。

　大門は落ち着きなく、あたりの花街を見回し、二階の窓に身を寄せ、桜の花を眺めているしどけない姿の遊女たちに見とれていた。

　遣手婆が戻って来て、店から顔を出した。

「大館文史郎様、皐月がお目にかかるそうです。こちらにどうぞ」

「そうか。では」

　文史郎はうなずき、店に足を踏み入れた。

「拙者も」

　左衛門が文史郎のあとに続く。

大門、権兵衛もいっしょに入ろうとしたとき、遣手婆が大声で制した。

「すみませんなあ。お一人様かお二人様でお願いいたします」

大門と権兵衛の前に、店の番頭や若い者たちが立ち塞がった。

「大門殿、ここは、殿とわしに任せて、見物なさっておられよ」

左衛門がにっと笑い、手を振った。

文史郎は草履を脱ぎ、上がり框から式台に上がった。

式台にいた振袖新造や禿《かむろ》たちが、一斉に文史郎たちに目を向けた。みんな輝くように可愛らしく美形に見えた。

「こちらへどうぞ」

遣手婆が先に立ち、階段をとんとんと足音を立てて上がって行く。文史郎は背筋を伸ばし、馴染み客になった気持ちでついて行った。

文史郎のあとから左衛門が続く。

二階の廊下は芳《かぐわ》しい脂粉の匂いがあふれていた。

廊下の左右の襖はすべて開けられ、通りながら花魁たちが化粧している様が見える。

振袖新造たちが、甲斐甲斐しく花魁の化粧や着付けを手伝っていた。

文史郎と左衛門は、廊下の一番奥まった部屋に案内された。

「こちらです」

遣手婆が部屋の入り口に座り、文史郎に中へ入るように促した。

文史郎は部屋の前で一瞬たじろいだ。

部屋の中には、金襴緞子《きんらんどんす》の衣裳も鮮やかな花魁がたおやかな笑みを浮かべて、文史郎を迎えた。

「剣客相談人様、ようこそお越しくんなました。あちきが皐月にございます」

皐月は深々と文史郎にお辞儀をした。白い項《うなじ》が文史郎の目を射た。

文史郎は、皐月のあまりの艶やかさに言葉を失い、見惚れてしまった。

皐月の両脇には、劣らず美しい振袖新造が侍《はべ》っていた。二人も皐月といっしょに文史郎に頭を下げていた。

「おじさま、こちらへ」

文史郎の前に禿の女の子がつつっと寄り、手を取って引いた。文史郎は我に返った。

もう一人の禿が左衛門に走り寄り、手を引いている。左衛門も皐月に見惚れ、思わず溜め息をついていた。

「それがし、文史郎にござる。お初にお目にかかる。よろしうお願いいたす」

文史郎はぎごちなく名乗り、皐月の前に座った。左衛門は文史郎の斜め後ろに腰を下ろした。

「拙者、左衛門。殿の傅役を務めております」

左衛門もいつになく畏まっていた。

「どうぞ、お殿様方、お気を楽になさってくんなまし。あちきたちは、これから始まる道中に行く身支度をしています。支度をしながらお話しするのを、お許しくんなまし」

「おう。どうぞどうぞ」

文史郎は、皐月に支度をするのを続けるよう促した。

「では、お言葉に甘えさせていただきます」

皐月は文史郎たちに背を向け、鏡に向かって座り直した。鏡に映った皐月の整った顔が見える。目が文史郎に優しく笑いかけた。

振袖新造たちが左右から皐月の高島田髷をいじりはじめた。

「実は、由比伝次郎のことだが……」

「伝次郎はんは、今日、お見えにならんのでありんすか？」

「由比伝次郎は来れぬ。……」

やはり、まだ皐月は知らないのだ。

鏡の中の皐月が不安な面持ちになった。

「もしや、何か、由比はんにあったのでありんすか？」

「由比伝次郎は死んだ」

「え？」

皐月は左右の振袖新造の手を払いのけ、文史郎に向き直った。大きな瞳がさらに大きく見開かれ、文史郎を見つめた。

「由比はんが亡くなったのでありんすか？　うそ」

「何日か前になるが、斬られて、命を落とした」

「そんな……」

皐月の目にみるみる涙が溢れた。溢れた涙は頰を伝わり流れ落ちる。白く化粧した頰に涙の筋がついた。

「姉さま」

振袖新造たちが、白い布で皐月の目の涙を受けとめた。

皐月は振袖新造が差し出した手拭いに顔を押しあて、しばらくそのままにしていた。

低くかすかな嗚咽《おえつ》がきこえた。

文史郎は左衛門と顔を見合わせた。

「お気の毒だが、奉行所は、おぬしのこと、存じておらなんだので、すぐにはお知らせできなかった」

「…………」皐月はじっとしていた。

「奉行所で葬儀も滞《とどこお》りなく行なって、密葬したそうだ」

「……哀しうございます」

皐月は手拭いを顔から外した。

「由比伝次郎様が、お気の毒で」

「うむ。おぬしと出会ったのが、せめてもの救いでござったろう。亡くなった由比伝次郎に代わり、御礼申し上げる」

「文史郎様は、由比伝次郎様のお知り合いでございましたか？」

「いや。見も知らぬ間柄でござる」

「では、どうして」

「こちらに参ったのか、といわれるのであろう？　おぬし、南町奉行所の与力高井周蔵殿や同心木島幹之信殿は、御存知か？」

「由比伝次郎様から、お二人のお名前は伺っております。由比様が、だいぶお世話になったとか。前から懇意になさっているとも」

「さようか。実は、その与力の高井殿も、同心の木島殿も、由比殿が殺されたあとに、やはり殺されている」

「……まあ、恐ろしいこと」

皐月は青ざめた顔をした。振袖新造たちも恐れ戦《おのの》いた。

「それがしたちは、お奉行から、誰が、なぜ由比殿や与力の高井殿たちを殺したのか、調べてくれと頼まれたのだ」

「そうでございましたか」

「もしや、由比殿は、おぬしに何か話していなかったか？　それを訊きに参ったのだ」

「……そうでしたか」

皐月は遠くを見る目をした。

何か、知っている顔だ。

「由比殿の無念を晴らすためにも、ぜひ、何を話したか、教えてほしい」

「分かりました。一度ならず、由比様はあちきに、命が狙われている、殺されるかもしれない、と洩らしていました」

「誰に？」

「それは、おっしゃっておられませんでしたが、もし、万が一、己が殺されるようなことがあったら、与力の高井様に渡してくれと、預かった物があります」

皐月は、禿の一人に「あれを」と棚の化粧箱を指差し、持って来るようにいった。

「高井殿にか？」

「はい」

禿が化粧箱を運んできた。皐月は受け取ると箱の蓋を開けた。封書を取り出した。

「これでございます」

封書には、麗々しく南町奉行所、与力高井周蔵殿と宛名が書いてあった。

「中は見たか？」

「いえ。由比様は、高井周蔵殿に渡すまで、決して開けるな、誰にも見せるなとおっしゃっておられましたので」

「それがしが、預かってもいいか？」

「もちろんでございます。何が書かれているのか知りませんが、ぜひ、由比様や高井様、木島様の仇を討つ手がかりにしてくださいませ。私からも、お願いいたします」

皐月は両手を前につき、深々とお辞儀をした。

「うむ。しかと預かった。奉行所に持ち帰り、封書の中身を検《あらた》めさせていただこう」

文史郎は封書を懐に入れ、皐月に礼をいった。

どこかで、三味線の賑やかな清掻が始まった。

「皐月さん、花魁道中のお支度を」

遣手婆が静かな声でいった。

「では、我らはこれにて御免」

文史郎は左衛門を促し、立ち上がった。左衛門は名残惜し気に皐月や振袖新造たちを眺めていた。

第三話　隠れ家を捜せ

一

文史郎は座敷に座った与力の桜井静馬の前に、封書から出した巻紙を拡げて見せた。

桜井静馬は拡げられた書状に目をやり、思わず唸り声を立てた。

「こ、これは血判状ではござらぬか？」

拡げた巻紙には、ずらずらと墨で黒々と書かれた氏名が居並んでいた。

いずれの署名にも、黒ずんだ血判が捺《お》されている。

左衛門が、一番最初に書かれた氏名を鉄扇の先で押さえた。

「数えたところ、総勢三十七名。いの一番の筆頭には、井上九之介《いのうえきゅうのすけ》とあります。この井上九之介は先に桜井殿が公儀隠密からきいた浪士隊の総隊長井上の名と一致しますな」

「ううむ」桜井静馬は腕組をした。

左衛門は続けた。

「殺された由比伝次郎の名前も、三番目に書かれています」

「織田友成の名は、二番手にある。井上九之介の腹心、副隊長といったところですかな」

と大門は呟いた。

「元薩摩藩士の沢島申之介は、十番手だな」

文史郎もうなずいた。

「こう見ると、由比伝次郎は、この組の幹部だったとみえるな」

小島が首を傾げた。

「おかしい。小宮山玄馬の名がないですぞ」

「ほんとだ。小宮山玄馬は、別格というわけか？」と大門。

「もしかして、小宮山玄馬という人は、浪士隊には入らず、距離を置いているのかもしれませんね」

「なぜ、そう思う？」文史郎が訊いた。

「なんとなく。小宮山玄馬は、ほかの浪士たちと違う、異質の人のような気がして」

弥生が小首を傾げながらいった。

「女子《おなご》の直感か」

文史郎は頭を振った。

桜井静馬が唸った。

「そうか。由比伝次郎は、これを持ち出したので仲間から殺されたのか。そして、高井殿や木島に渡したと思われて、二人も殺されたのかもしれぬな」

「そうでござろうな」

文史郎をはじめ、大門、左衛門、弥生、小島、桜井静馬全員が拡げられた巻紙を取り囲み、考え込んでいた。

大門は血判状に目をやりながら、顎鬚を撫でた。

「忠臣蔵は四十七士、それよりも足りないが、三十七士というわけですかな。玄馬を入れて三十八士。納まりが悪いから、三十七士にしたか」

「いったい、これは何の血判状なのでございましょうな。ただずらずらと名前が並んでいるだけで、何のためなのかの表記もない」

小島啓伍が首を傾げた。弥生がうなずいた。

「血判状は、何ごとかを命を賭けて決行するという決意を示す血盟の証でございます。これは見る人が見れば分かる集まりなのでございましょう」

文史郎は腕組をして訊いた。

「弥生、何の血盟だと思う？」

「おそらく尊皇攘夷の血盟団ではないか、と思います」

「厳しい掟の下、尊攘を貫くということかな？」

大門が付け加えた。左衛門が訝った。

「江戸にも、幕府を守る新選組を創ろうという動きがある。それに対抗しての尊攘激派の組ということでしょうな」

「爺、これも披露してくれ」

文史郎は、封書に入っていた由比伝次郎の書状を取り出して開き、左衛門に手渡した。

「これは幕閣の老中宛に書かれた訴状となっている」

「老中のどなた宛かな？」

「それは書かれていない。幕閣の老中ならば、どなたでもいい、ということではないか」

「……ここで、我らが読んでもいいものか、どうか」

桜井は迷っている様子だった。文史郎は笑った。

「何を心配なさる。老中の誰とも指名しておらずに書かれた私信。老中の誰かに読んでもらおうにも、どんな内容かも分からず、お届けしたら、老中も迷惑であろう。奉行所の与力頭の権限で、読んで内容を吟味するのが先決。つまらぬ訴状であれば、奉行所の段階で却下とすれば済むこと」

「それはそうであろうな。で、どのような訴状なのでござろう」

「訴状とはござるが、告白状と見るべきかと」

「告白ですと？　どれ、読ませてもらおうか」

桜井は封書の中身を引き抜いた。

巻紙に書かれた手紙だった。

桜井は、手紙を読み進むうちに、見る見る顔色を変えた。

「確かに。これは、訴状というよりも、告白状でござるな」

「どのような告白状なのでござる？」

小島が身を乗り出した。大門も弥生も興味津々《しんしん》の面持ちで桜井の手許を見つめた。

部屋の隅に控えている忠助親分も千吉親分も伸び上がり、桜井を見ている。

「爺、みんなに、何が書かれているのか、掻《か》い摘《つま》んで説明してあげろ」

「承知しました」

左衛門は桜井から書状を返してもらい、おもむろに手許に拡げた。

「告白の内容の主な趣旨は三つあります。第一には、自分は、つまり由比伝次郎のことだが、尊皇攘夷に共鳴し、浪士隊に参加したものの、井上九之介らの方針について行けないという気持ちでいること」

「どういう方針について行けないというのだ？」

大門が訊いた。

左衛門はじろりと大門を見ていった。

「それをこれから話す。我慢してきいていてほしい」

左衛門は手紙を持ち直した。

「井上九之介らは、江戸に京都のような騒擾、焼き打ち、強盗、押し込みなどを起こして、政情不安に陥らせる。それによって幕府の権威を失墜させ、統治能力を疑わせる。異国の信頼を失わせしめる、としている」

「ふうむ」

「第二に、井上九之介らは、我ら浪士隊が捨て石となり、幕府の要路や異国の公使を暗殺し、幕府の異国との交渉を打ち切らせる。何より、幕府の軍隊を洋式化し強化せんとする小栗上野介《おぐりこうずけのすけ》や大関増裕《おおぜきますひろ》、勝海舟《かつかいしゅう》らを暗殺すべし、としている」

「ほほう。過激だのう」大門は唸った。

「第三に、小栗上野介、大関増裕たちが、幕府の軍事力を強化するため、フランスの支援の下、横須賀に製鉄所を造らんとしているが、それをなんとしても阻止する。幕府の軍事力を高めぬようにして、将来の討幕戦を反幕府勢力側に有利にできる、としている」

「井上九之介たちは、将来の討幕戦を考えているのか」

大門は小島啓伍と顔を見合わせた。

「さよう」左衛門は続けた。

「こうした井上九之介ら指導部の方針に、由比伝次郎は異議を申し立てていたらしい。由比は、西洋文明をよく取り入れている肥前藩の藩士らしく、日本の将来を考えれば、幕府が造ろうとしている製鉄所を邪魔すれば、日本は鉄の生産が自国では出来ぬため、異国から鉄砲や大砲、機械を輸入せざるを得なくなり、異国依存から抜け出せない。隣国の清《しん》のように異国の植民地になりかねない。だから、製鉄所を造るのを邪魔してはいけない、と」

「ほかには？」と大門。

「井上九之介らが主張する江戸の治安を乱すやり方に、ほとほと嫌気がさしていると もあり、できれば己は浪士隊を抜け出し、故郷に戻って静かに暮らしたいとも書いて いる」

「なるほど」桜井はうなずいた。

「しかし、浪士隊を無断で脱走した隊士は敵前逃亡として死罪という厳しい掟があり、由比は脱隊したくても出来ずに悶々としている悩みが書いてある」

「ほう。脱走したら死罪ですか」

小島啓伍は唇を噛んだ。

「それで、吉原の花魁に入れ込んだのね」

弥生が気の毒そうにいった。

「さよう。吉原の花魁皐月についても触れている。唯一の心の慰めだったとある。そ して、自分が井上九之介らに捕まり、処刑されるようなことがあったら、この書状が 幕閣の手許に届くことになろう、と。こうした浪士隊の陰謀に用心なされよ、という 警告で終わっている」

左衛門は巻き紙を元のように巻いた。

「爺、よくまとめてくれた」

文史郎は左衛門にうなずいた。

桜井静馬は決心したようにいった。

「これは容易ならぬことだ。さっそくにも目付や大目付様に報告し、幕閣会議で詮議していただき、火付盗賊改めを出して、こやつらを一網打尽にしよう。芽は早いうちに摘めといわれますからな」

文史郎は頭を振った。

「桜井殿、それは早計でありましょう。この告白状の内容を吟味し、対策を練るのが先決でござろう。この内容からでは窺えないが、井上九之介たちは、何かを画策している。それを調べてからでも遅くはありますまい」

「相談人殿、何を考えているかだけでいい。陰謀を企んでいる者は、片っ端から捕まえ、責めて吐かせればよかろう。そうすれば、どんな策略を巡らしているのか、分かるはずだ。その血判状に載っている不逞の輩を捕まえるのが先決だ」

「桜井殿、この血判状だけでは、証拠に乏しい。このような血判状は、ただ名前を勝手に書いて、血判らしいものを捺せば、誰にでも作ることができる。これを根拠に人を捕らえるのは危険過ぎる。それから、血判状に載った人物を、下手《へた》に捜せば、敵は拡散してしまい、捕まえづらくなりましょう。そうなると、敵の所在が分からなくなり、陰謀工作を防ぎようがなくなる。それがしは反対ですな」

「では、相談人、今後、どうしたらいいのだ？」

　桜井は苦々しくいった。

　文史郎は桜井を諭すようにいった。

「毒蛇は急がずだ。焦らず、急《せ》かず、慎重に浪士隊を調べ上げる。どこに、どのような浪士たちが集まっているのか、誰がほんとうの頭か、黒幕は誰か、それらを探り出す」

「時間がかかりそうだな」

「拙速で敵の大物を取り逃がすよりもいい」

「分かった。しかし、浪士隊の内情を調べるには、いかがいたしたらいい？」

「この血判状に血判を捺した浪士のなかにも、由比伝次郎以外にも、井上九之介らに疑問を抱く者もいることだろう。そういう人間を協力者に仕立て上げ、寝返らせる」

「なるほど。当面は？」

「織田友成、沢島申之介、小宮山玄馬といった、名前が分かった浪士たちを追尾し、どこに集まり、何をしているかを観察する。漁師は獲物をじっと観察する」

「つまり、獲物の浪士を泳がせ、すぐには手を出さないというのだな」

「しかりだ。浪士たちを泳がせて、彼らの隠れ家を見付ける。焦って火付盗賊改めや町方の捕り手を出すのは愚の骨頂だ。敵にも味方にも相当な犠牲者を出す」

文史郎はみんなを見回した。

「もし、そうした浪士たちが、手紙にあるようなことをやろうと動き出したら、そのときにこそ、火付盗賊改めや捕り方を一挙に出して、先制攻撃を行ない、敵の出鼻を叩いて陰謀工作を阻止する」

「うむ。なるほど。それでいきましょう」

桜井も小島啓伍も、満足気にうなずいた。

「千吉親分、忠助親分、こっちへ来てくれ」

小島啓伍が手を上げ、部屋の隅にいた千吉親分と忠助親分を呼んだ。

「へい」「へい、ただいま」

忠助親分と千吉親分が膝行して、文史郎たちの輪に加わった。

小島が訊いた。

「浪士たちの動きを話してくれ。まず、忠助親分だ。あのあと、どうなった」

「へい。吉祥院の近くの隠れ家から、浪人たちは姿を消しました。いまは空き家になっています」

「警戒されたか」

小島は頭を振った。

「いま、末松ら下っ引きに、織田友成と沢島申之介を追尾させています」

「あの小宮山玄馬は？」

「あの男を尾《つ》けるのは難しい。末松だけでなく、あっしも見事に撒《ま》かれました。あいつは後ろにも目があるみたいでやす」

文史郎は笑いながらうなずいた。

「そうか。無理はするな。あいつは普通の剣士ではない。下手《へた》に近付いて、気付かれれば斬られかねない」

「へい。用心しやす」

小島は千吉に向いた。

「千吉親分の方は、どうだ？」

「あっしの方は、引き続き、旭屋に出入りする浪人連中を調べているんですが、少し気になることがあるんでやす」

「どんなことだ？」

「旭屋には、二人用心棒がいるんですが、どうも臭い。店を訪ねる浪人者たちと、ちらりと目を交わしたりしているんです。ひょっとして知り合いではないかって思うときもあるんで」

「何度も店に訪ねている浪人ではないのか？」

「それだけだったら、いいんでやすがねえ。誠ヱ衛門さんは信用しているらしいんですが、どうも怪しい」

「用心棒は、どんな男だ？」

「遠藤《えんどう》と山門《やまかど》という二人の浪人者でしてね。二人とも脱藩者らしいんですが、身許が分からない。腕は立つらしいんですが」

「よし。こちらも調べてみよう。人別帳に載っていれば、すぐに分かるが、誠ヱ衛門がどこかの藩の腕っこきを雇ったとなると分からないからな。引き続いて、旭屋を見張ってくれ」

「へい。合点です」

　文史郎が小島に替わって訊いた。

「千吉親分、小宮山玄馬については何か聞き込んだか？」

「まだなんも分かりません」

「さようか。なぞの剣士か」

「それはそうと、妙な噂をききました」

「ほう、どんな噂だ?」

「先日、隅田堤周辺で揚がった高井様や木島様、由比伝次郎三人が斬られた手口から、暗闇剣とかいう秘剣でやられたんじゃねえか、というんです」

文史郎は訝った。

「暗闇剣だと? それはどのような剣なのだ?」

「噂だと、暗がりで遣われる剣だそうで、いきなり闇のどこから飛んでくるか分からない恐ろしい剣だっていうんですがね。それでカマイタチにやられたように喉元がぱっくりとした斬り口になるらしいんで」

文史郎は左衛門や大門と顔を見合わせた。

「カマイタチのようだというのか?」

「へい。闇夜から飛んでくるので、避けようがねえってんで」

「飛んでくる?」

「へい。そういってましたね」

「その暗闇剣は誰が遣うというのだ?」

「桜の時季に現れる鬼の仕業じゃねえかっていうんです」

左衛門が笑いながらいった。

「千吉、桜鬼《おうき》のせいだと申すのか？」

「へい」

大門が唸るようにいった。

「殿、昔から桜の花は人を狂わせるといいますからな。吉野山《よしのやま》の桜の木々の下にはたくさんの人の死体が眠っているとも申すではござらぬか」

「そういえば、隅田堤や上野寛永寺の桜は、吉野の山の桜を移植したそうですな」

小島が付け加えるようにいった。

「鬼か。千吉、それから？」

「それだけです。すいやせん」

「ご苦労さん、千吉、引き続き、小宮山玄馬についても調べを続けてくれ」

「へい。承知しました」

大門が頭を振った。

「暗闇剣か？　妙な剣ですなあ」

弥生が目を輝かせていった。

「どのような剣なのか、それがし、一度お手合わせしてみたい」

「弥生、馬鹿なことを申すな」

文史郎は叱った。左衛門が笑った。

「そうですよ。殿は弥生殿、殿にこれ以上、余計な心配をかけなさるな」

「そうそう。殿は弥生殿が心配でならんのだから」大門も笑った。

弥生は子供のように首をすくめた。

桜井が目を細めていたが、静かにいった。

「では、本日はこのくらいで会議はお開きといたしましょう。相談人の皆さん、お疲れさまでした」

桜井は文史郎たちに頭を下げ、奥の与力部屋に引き揚げて行った。

「では、我らも失礼いたすか」

文史郎はみんなを誘い、席を立った。

「お先に」

千吉、忠助たちは文史郎たちに口々に声をかけ引き揚げて行く。

文史郎たちも、小島に見送られ、奉行所の玄関を出た。

陽が落ちて、外は黄昏《たそがれ》に包まれていた。

「ところで、文史郎さま」

弥生が歩きながら、上目遣いに文史郎を睨んだ。口許に薄ら笑いを浮かべている。

そんなときの弥生は恐ろしい。文史郎は左衛門や大門と顔を見合わせた。

「弥生に内緒にして、皆さんで吉原の桜祭りに御出でになられましたね」

「そ、そう。花魁の皐月に会って、由比伝次郎のことを聴こうと思うてな。のう、爺、大門、そうだよな」

「はい、さようで」左衛門は澄まして答えた。

「さよう、さよう。仕事ですからな」と大門も笑いながら応じた。

「権兵衛殿からききました。御三人とも嬉々として、綺麗どころにちやほやされて、やにさがっておられたとか」

「余計なことを、権兵衛は……」

文史郎は呟いた。左衛門と大門は、我知らずという顔でそっぽを向いていた。

「文史郎様、弥生を抜きにしない、と誓いましたよね、武士の誓いを」

「うむ。誓った。だが、今回は、吉原ということで、女子の弥生を連れて参るのは、どうかと爺がいうので」

「爺は、そんなことは……」

文史郎は左衛門の口許を手で塞いだ。

「分かりました。今回は許します。皐月殿が由比殿から預かっていた封書を受け取って参られたのですからね」

「そう。そのために参ったのだから」

「でも、わざわざ三人もお揃いになってお出かけにならずともよかったのでは」

弥生はじろりと文史郎や大門、左衛門を見回した。

「そ、そうなのだが、一人や二人で吉原へ行ったら、そのまま帰って来ない怖れもある。三人になれば、なんとか……」

「無理でしょうね。どうして、男の人は……」

弥生は溜め息をついた。

大門が文史郎にいった。

「殿、いかがでござろう。どこかで、食事でもしながら、験直《げんなお》しに」

大門は手で盃をあおる仕草をした。

「よかろう。弥生の機嫌直しにもなろう」

文史郎は左衛門に目配せした。左衛門もしぶしぶうなずいた。

二

深夜だった。どこかでイヌの遠吠えがきこえた。

文史郎は、ふと人の気配に目を覚ました。

枕許の刀に手を伸ばした。

とんとん、と油障子戸を叩く物音がした。

「殿、起きてくだされ」

玉吉の声だった。

文史郎は起きていった。

「待て。いま開ける」

文史郎は寝床を出て、土間に降り、下駄を突っかけた。心張り棒を外し、油障子戸を開けた。

「殿、どうなされた？」

戸を開ける物音に目を覚ました左衛門の寝呆けた声がした。

「玉吉が参ったのだ」

「お晩です。遅くにすいやせん」

玉吉が入り、油障子戸を静かに閉めた。

暗がりの中、玉吉の黒い影がお辞儀をするのが見えた。

「ま、上がれ」

文史郎は畳の間に上がって蒲団の上に座り、土間の玉吉にいった。

「いえ。あっしはここで」

玉吉は上がり框に腰をかけた。

部屋で行灯の灯が点《とも》った。薄明りの下、玉吉の顔が浮かんだ。

「至急にお知らせしたいことがありやして、こんな夜分に伺いました」

「何か分かったか？」

「へい。まず、浪士隊の総隊長の井上ですが、名前が分かりました。長州浪人の井上九之介です」

「なるほど。血判状の筆頭にある井上九之介だな」

「血判状でございますか？」

「おう、そうか。玉吉には伝えてなかったな。実は殺された由比伝次郎が隠し持っていた血判状を入手したのだ」

文史郎はこれまでの事情を手短に玉吉に話した。

「さようで。これで浪士隊の全貌がはっきりしましたな。血判状にない小宮山玄馬一人を除いて」

「うむ。そうなのだ」

「井上九之介については、長州藩の上士で、吉田松陰《よしだしよういん》の門下生の一人、尊攘激派の幹部だと判明しました」

「ふむ、それで」

「井上九之介は、京都で尊皇攘夷の活動をしておりましたが、ある日、新選組に追われ、逃げ場なく追い詰められたとき、忽然と現れて新選組と斬り合いになり、井上を助けた侍が小宮山玄馬だったのです」

「ふうむ」

「恩を感じた井上は、江戸へ下るにあたり、玄馬を別格の顧問として浪士隊に迎えた。玄馬は、事実上、井上に雇われた用心棒のようなものです」

「なるほど。それで血判状に、玄馬の名はなかったのか。合点がいった」

「長州藩邸に出入りしている折助《おりすけ》たちに聞き込むと、井上の用心棒の玄馬は、かなりの腕前で、しかも殺人剣だという。それで気になって、手を回して、玄馬の身許を洗ってみたんです」

「で、どうだった？」

「玄馬は武蔵川越藩の出だと分かりました」

武蔵川越藩は、江戸城の北、鬼門を護る譜代の藩だ。

川越藩の石高は八万石。藩主は譜代大名の松井《まつい》家の嫡子が継いでいる。代々、幕府親藩として、北の諸藩に睨みを効かせている。

馬を馳せれば、府内から川越の城下まで、半日とかからない。

「玄馬は武蔵川越藩領内にいる川漁師の倅だったと分かりました」

「ほほう。士分ではない、と申すか」

「はい、もともと武士ではなかった」

「ふうむ。剣は誰に習ったのか？」

「元郡代の坂脇豪衛門という川越藩の要路でした。坂脇は開元流の遣い手で、郡代として領地内を回っているときに、河原に捨てられていた孤児を拾い、鬼作と名付け、漁師に預けて育てさせた」

「開元流？」

「はい。地元では知られる剣の流派で、これまた普通の剣法ではなく、実戦に即した剣法だとか」

「さようか。それにしても、捨て子を育てさせるとは、慈善家だのう」

玉吉はふっと笑った。

「どうでしょう？　坂脇は、その子鬼作に殺人剣を習わせ、刺客として育て上げ、藩内の政争に利用したようなのです」

「それはまた酷《むご》い話だな」

「おとなになった鬼作は、坂脇のいうまま、秘剣を遣い、対立していた守旧派をつぎつぎに闇に葬った。その功績で、鬼作は苗字帯刀を許され、小宮山玄馬と名乗るようになった」

「ふうむ。その秘剣はなんと申す？」

「暗闇剣というそうです」

「なに、暗闇剣だと？」

文史郎と左衛門は同時に声を出していた。

「御存知でしたか？」

「いや、その噂をきいたばかりだった」

「さよう。隅田堤で斬られた高井殿たちの斬り口が暗闇剣のそれと似ているという話をきいたばかりだった」

「その暗闇剣とは、どういう秘剣なのだ?」

「きくところによると、その秘剣は暗闇剣白鷺というそうです」

「暗闇剣白鷺だと?」

「白鷺の餌取りの方法を取り入れた剣法だそうです」

「白鷺は、どのような餌取りをするというのだ?」

「待ち伏せ、忍び足、両翼を拡げて飛んで空中に浮揚する、追い出し、足揺すり、足探《さぐ》り、勢いよく追いかける、水面を叩いて波紋を起こす、翼かざし、飛び込み」

「ほほう、多彩だな」

「特徴のある技は、疑似餌《ぎじえ》や投げ餌です」

「何?」

「疑似餌で魚を誘《おび》き寄せる、餌を投げて魚の気をそらす。そして、長い首を延ばし、一閃して嘴《くちばし》で魚を突き刺す、啣《くわ》える」

玉吉はにやっと笑った。

「普段、昼間は身を隠して休み、暗くなるとひとり餌取りに出て来る。これが白鷺です」

「なるほど。暗闇剣白鷺は、いわば白鷺をなぞらえた擬剣《ぎけん》なのだな」

「はい。欺剣《ぎけん》だと思われます」

「欺剣か。なるほどな。覚えておこう」

文史郎は暗がりの中でうなずいた。

左衛門がいった。

「玉吉、では、小宮山玄馬が、その欺剣で高井たちを斬ったのではないか、というのだな」

「そうではないかと。ただ、暗闇剣は、しばらくの間、藩主の命令で封印されていたそうです」

「ほほう。なぜだ？」

「藩内の暗闘が終わったあと、あまりに粛清をやりすぎた、暗闇剣は放っておくと、いつ刃が己に向かって来るか分からぬ、となったというのです。そのため、藩主だけでなく、暗闇剣を遣わせた執政たちからも玄馬は疎《うと》まれ、暗闇剣の封印を命じられたのです。そして、玄馬は武蔵の山中の山小屋に逼塞《ひっそく》を命じられた」

「利用するときは利用して、自分たちに都合が悪くなると、今度は疎むというわけか？　権力者に、よくあることだな」

文史郎は頭を振った。左衛門が訊いた。

「封印されていたはずの暗闇剣が、なぜ、解かれたのだ？」

「玄馬は、数年前に、村で見初《みそ》めた女子と夫婦になり、子供も生まれ、ようやく幸せな生活を得たそうなのです。ところが、藩内にまた対立が再燃した。幕府派と尊皇攘夷派の争いです」

「なるほど。どちらも、玄馬を警戒するだろうな」

「お察しの通りです。あるとき、玄馬の山小屋が焼き打ちされた。そのとき、玄馬の愛妻と幼女が焼き殺された。玄馬も顔に大火傷を負ったが、生き延びた」

「どちらの派が焼き打ちしたのだ？」

「それは分かりません。だが、玄馬は、それを機に脱藩し、京都に上った」

「そうか、それで玄馬は井上九之介に出会ったのか」

文史郎は唸った。左衛門が頭を傾げた。

「では、幕府派の手の者が、玄馬を殺そうと、焼き打ちをかけたのか？」

「誰が、玄馬を消そうとしたのか、分かりません。ですが、地元では、捨て子の玄馬を育てさせた坂脇が消そうとしたのではないかという憶測が流れています」

「ふうむ」

「ともあれ、真相は闇の中ですが、その玄馬の動きが気になるので、報告に上がったのです」

「どういうことだ？」

「玄馬は、また暗闇剣を遣おうとしているようなのです」

「ほう。どうして、そうと分かったのだ？」

「玄馬を密かに尾行したところ、郊外のある屋敷の周辺をうろつき、その屋敷の主を狙っているらしいのです」

「その主というのは？」

「……隠居生活をしている坂脇豪衛門殿。藩の抱え屋敷に坂脇殿は隠れ住んでいるのです」

「育ての親を狙っておるのか」

文史郎は左衛門と顔を見合わせた。

「いかが、いたしましょうか？　玄馬は、高井様や木島様、由比伝次郎を殺めた下手人。このまま黙って見過ごしていいものかどうか、と思いまして」

文史郎は腕組をし、考え込んだ。

「殿、これは暗闇剣を見る絶好の機会ですぞ。いずれ、玄馬と闘うことを考えると

「……」

「爺、人が殺されるのを、黙って見逃せと申すのか？　それがしには、そんなことはできぬ」

「では、いかがいたしますか？」

「傍観はできぬ。その屋敷の坂脇殿に警告しよう。暗殺者が迫っておるとな」

「分かりました。では、どういう風に警告をしたら、よろしいでしょうか？」

「それがしが、手紙を書こう。警護を固めるがよし。そうしなかったら、これは致し方ない。いざとなったら、それがしが出よう」

「分かりました。殿が、そう御決心なさったので、安心しました。あっしも、目の前で人が殺されるのを見たくはないので」

玉吉はうなずき、安堵の表情になった。

「爺、硯と筆を持て」

「はい。ただいまご用意いたします」

左衛門は蒲団を畳み、部屋の隅の文机を引き出した。梱《こうり》から硯箱を取り出し、文机の上に据えた。硯に少量の水を垂らした。

文史郎は硯に向かい、手紙の文面を考えながら、静かに墨を擦りはじめた。

夜の帳《とばり》の中で、行灯の油の芯が焦げる音がした。

三

裂帛《れっぱく》の気合いが道場内に響き、床を踏み鳴らして、袋竹刀を打ち合せる音が轟く。

文史郎は大門との稽古をいったん中断して、見所《けんぞ》に戻って座った。

弥生の道場は、元気いっぱいの若い剣士に溢れていた。少年ばかりか、うら若い娘たちも甲高い奇声を上げて打ち合っている。

文史郎は首筋や胸許などにかいた汗を手拭いで丁寧に拭った。

ややあって、左衛門が見所に戻って来た。左衛門は歳は取っても、剣の稽古となると、しゃんとして、背筋を伸ばし、若武者のように元気溌剌《はつらつ》に道場を動き回る。

老いてなお強し。

「殿、何をぶつぶつ、おっしゃっておられます？」

「いや、爺は、どうして、こうも元気なのか、と感心しておったところだ」

鋭い気合いがかかり、竹刀の小気味いい音が響いた。

弥生が高弟の藤原鉄之介《ふじわらてつのすけ》の面を叩いた音だった。

「一本！　師範」

師範代の手が弥生に上がった。

「参った。参りました」

藤原は床に蹲り、恭順の姿勢を取っている。

「鉄之介、立て！　まだまだ！」

弥生は元気いっぱい、竹刀の先で藤原を小突いて励ました。

「では、鉄之介に替わって、それがし、お相手をお願いいたす」

小柄な北村左仲《きたむらさちゅう》の軀《からだ》が弥生の前に飛び出し、竹刀を構えた。

「よかろう」

弥生は竹刀を青眼に構えた。

大門が仁王立ちし、にやにや笑っている。

玄関先が急に騒がしくなった。

誰かが訪ねて来たらしい。高弟の高井真彦《たかいまさひこ》が式台に座り、相手をしている。

また弥生と北村左仲の稽古試合が始まった。

高井は式台から見所の文史郎のところに駆け寄った。

「殿、旭屋の番頭と申す男が、至急にお目にかかりたいと申していますが」

「旭屋の番頭？」

文史郎は左衛門と顔を見合わせた。

「通せ」

高井は玄関に走り戻った。

すぐに高井といっしょに見覚えのある番頭の佐平が、あたふたと見所に走り寄った。

「相談人様、旦那様から至急のお願いがございます。ぜひに、お店のほうへお越し願えませんでしょうか」

番頭の佐平は息急き切っていた。肩を上下させて息をしている。

「稽古、やめ」

弥生の声が響き、稽古が止まった。弥生も竹刀を手に見所に駆け付ける。

大門ものっそりと見所にやって来る。

「いったい、どうしたというのだ？」

「大変です。奥様とお嬢様が、何者かに攫《さら》われました。旦那様は半狂乱でございます」

「なに、さなえちゃんとお母さんが攫われただと？」

大門が大音声で佐平に詰め寄った。

文史郎たちは大急ぎで旭屋に駆け付けた。

店は大騒ぎになっていた。

店は閉められ、番頭や手代たちが来訪する客たちに平身低頭して、お帰りいただいていた。

文史郎たちが到着すると、大番頭の佐平は「こちらへ」と店の奥の客間へと案内した。佐平は手代に主人の誠ヱ衛門を呼びに行かせた。

「町方はまだ来ていないのか？」

左衛門があたりを見回しながら、佐平に訊いた。

「それが旦那様の意向で、町方には内緒で、まずは相談人様に相談してから、と申しておりまして」

「ほう。なぜ、町方に報せないのだ？」

「…………」

佐平は困った顔をした。

廊下に足音がきこえた。いまにも泣きそうな顔をした誠ヱ衛門が、小太りの軀を揺すって座敷に入って来た。

「……ああ、よかった。相談人様が来てくれた。ああ、ありがたや、ありがたや」

誠ヱ衛門は畳にへなへなとしゃがみ込み、文史郎に両手を合わせた。

「お願いいたします。……」

以前に誠ヱ衛門に会ったときに、いかにも太っ腹の商人然とした印象を受けたが、今日は豹変して、情けないほど気弱な顔になっていた。

「どうか、相談人様、おせいとさなえを、お救いくださいませ」

大門が身を乗り出した。

「誠ヱ衛門、分かった。なんとかいたす。いったい何があったのか、詳しく話してくれ」

「番頭さん、おまえからお話しておくれ。私は頭が混乱して、何から話していいやら分からない」

誠ヱ衛門は手拭いに顔を埋めて嗚咽《おえつ》していた。

「はい。旦那様」

佐平は文史郎に向き直って話し出した。

その日の朝、おせいとさなえは、女中のおしのと下女の清《きよ》を連れて、増上寺《ぞうじょうじ》境内の桜のお花見に出掛けた。念のためと、用心棒の山門が護衛に付いた。

その日は、増上寺の桜祭りだったので、大勢の参拝客で賑わっていた。おせいたちは、境内の茶屋に入り、縁台に座って、五分咲きの桜を見ながら、お茶やぜんざい、桜餅を楽しんでいた。

そうこうするうちに、お昼近くになり、持参したお弁当を拡げて、みんなでおしゃべりをしながら、食べはじめた。

間もなく、旦那様の使いだという若い衆がやって来て、女中のおしのと下女の清《きよ》に、大至急家に戻って来るようにという伝言を残して去った。

心配したおしのが、おせいにきくと、用心棒の山門様がおられるから心配しないで、先に帰ってといわれた。

山門も鷹揚にうなずき、大丈夫、任せておけといった。

おしのと清は、急いで店に戻ったら、旦那の誠ヱ衛門は出掛けていて不在。大番頭の佐平は、おしのと清にすぐに戻って来いという使いを出していない、といった。

そんな馬鹿なと思い、おしのと清は、急いで増上寺にとって返した。

おせいたちみんなでお弁当を拡げた桜の木の下はきれいに片付けられていて、おせいたちの姿はなかった。

近くの茶屋の仲居に訊くと、おしのたちが来る少し前に、お迎えの駕籠が到着し、おせいらしいお内儀と娘が駕籠に乗り、お帰りになったという。

その折、お付きのおサムライが、駕籠について、お守りしていたという。

おしのと清は、なんだお帰りになったのか、と安堵し、再びお店に戻った。

ところが、入れ違いとなって、きっと先に帰っていると思ったおせいとさなえを乗せた駕籠は、まだ店に到着しておらず、二人は狐につままれた思いだった。

だが、用心棒の山門様が付いているのだから、とあまり心配していなかった。きっと、増上寺にせっかく来たのだからと、ほかのお寺様も参拝して帰ろうとしたのだろう、と思った。

ところが、日没が近くなり、旦那様の誠ヱ衛門も戻るころになっても、おせいたちの乗せた駕籠は戻って来ない。さすがに心配になったおしのと清は旦那様に、これこれしかじかと訴えた。

青くなった誠ヱ衛門は、すぐに手代や番頭を増上寺や、帰りに寄りそうな寺院、呉服屋などに行かせて、おせいたちを捜させた。

誠ヱ衛門は、もう一人の用心棒の遠藤を呼んで、山門が立ち寄りそうな場所をきこうとした。ところが、いつもいるはずの遠藤の姿も消えていた。

「これが、昨日のことなのです。旦那様は、奉行所にお届けしようか、どうしようか、とお迷いになっていた。すると、昨夜遅くに、旦那様宛に一通の手紙が届いたのです」

「どのような？」

文史郎の問いに、番頭の佐平は誠ヱ衛門に顔を向けた。

「これです」

誠ヱ衛門は文史郎に一枚の手紙を見せた。

懐紙のような大きさの紙には、「おせいと娘さなえをお預かりいたし候。……」とあった。

二人を無事返して欲しかったら、おとなしく、次の指示を待つように。ゆめゆめ、幕府や奉行所にお届けなさらぬように。もし、幕府や奉行所に届け出た場合、母子二人の命はなきものと思え。

末尾に、「天誅隊」という署名が大書されてあった。

「天誅隊だと？」

文史郎は大門、左衛門と顔を見合わせた。

大門も左衛門も、そのような名の隊は知らないと首を左右に振った。

「誠ヱ衛門、おぬし、この隊に心当たりはないか？」

「ございません。初めておききする名前でございます」

誠ヱ衛門は怖《お》ず怖ずと答えた。文史郎は番頭の佐平を見た。

「私もきいたことがありません」

佐平も頭を振った。

「しかし、殿、天誅などという言葉を遣うのは、いかにも尊攘激派の一派のように見えますな」

「うむ。尊攘激派を装った輩かもしれぬな。天誅とでもいえば、人が怖れると思う愚か者たちだ」

左衛門が同調した。

「まことでござるな。して、誠ヱ衛門、新たな書状は届いておるのか？」

「いえ、まだ届いておりません」

誠ヱ衛門は唇を嚙んだ。妻と娘を拉致された怒りに軀が震えていた。

「相談人様、私、この脅迫状が届いたので、奉行所にも幕府にも、何もお話しておりませんのです。お察しください」

文史郎は腕組をした。

「しばらくは、次の手紙が来るまで、待つしかあるまい。おそらく敵は、ここを見張り、こちらの動きを探っていよう」

それまで黙っていた弥生が口を開いた。

「千吉親分たちは、ここを見張っていたのでございましょう？」

「うむ。何か気付いているかもしれぬな」

「それがし、捜して参ります」

弥生はさっと立ち上がり、座敷を出て行った。

左衛門が小声でささやいた。

「殿、店に内通者がおるやもしれませんぞ」

「そ、そうでございますか？」

それをきいて、誠ヱ衛門と佐平が落ち着かず、あたりを見回しはじめた。

「うちの奉公人の中に、おせいたちの誘拐を手伝ったものがいると申されるか？」

文史郎はうなずいた。

「さよう。用心棒の二人が、姿を消したということだが、二人が手先だったと見てよかろう。しかし、どういう伝手《つて》で、おぬしはあの二人を用心棒に雇ったのだ？」

「はい。それは……」

誠ヱ衛門は口籠《くちご》もった。

「正直に申せ。すべてを包み隠さず明かさねば、おせいたちを取り戻すための手がかりを得られないからな」

「はい。あの二人は、私が信頼している御方の推薦で、用心棒をお願いした次第でして」

「信頼しておる御方とは？」

誠ヱ衛門は腹を決めた顔で答えた。

「長州浪人の井上九之介様でございます」

文史郎は、左衛門、大門と顔を見合わせた。

なんということか。

文史郎は頭を振った。

左衛門が訊いた。

「井上九之介は、何者なのだ？」

「はい。井上九之介様は、上との関係で、形の上では長州藩を脱藩しておられますが、いまも藩邸に出入りするれっきとした藩士でございます」

「上と申すは？」

「長州藩の執政たちでございます。執政たちは公武一和の考えですが、尊攘激派が多い下級藩士たちは考えが執政たちと違います」

「ううむ、なるほど」

長州藩内の藩論は、尊皇攘夷では執政も下級武士たちも一致していたが、その方法をめぐっては、公武一和派と尊攘激派に藩論が割れていた。

「旭屋としては、商売上、執政たちと取引しておりますが、そればかりやっておりますと、尊攘激派から排撃されかねない。その対策として、尊攘激派の幹部である井上九之介様とも仲良くしておったのです。それなのに、井上九之介様に騙されたのか、と思うと……。井上九之介様の推薦ということで、遠藤と山門を信用していたのに、裏切られたとは、腹立たしい」

誠ヱ衛門は膝の上の拳をぶるぶると震わせている。

「我々の調べでは、井上九之介は、江戸に来てから、三十七士からなる浪士隊を組織し、その総隊長に収まっている。それは存じておるのか？」

誠ヱ衛門は番頭の佐平と顔を見合わせた。佐平が話すように促した。

「はい。実は井上九之介様から、浪士隊結成を告げられました。それには軍資金が必要なので、いくらでもいいから出せといわれました」

「出したのか？」

「はい。やむなく」

「いくら出した？」

「五百両でございます」

「よくも、そんな大金を出したものだな」

「はい。その代わり、井上九之介様に申し上げました。お金を出すのは、これが最後でございます、と。これ以上は、びた一文出すわけにいきませんと」

「井上九之介は納得したのか？」

「はい。納得されたと思いました。上機嫌で、今後、旭屋に軍資金を出せとはいわぬ、と申しておられましたから」

誠ヱ衛門は腹立たし気にいった。

「あれは嘘だったのですね」

「まだ、天誅隊が井上九之介たちと決まったわけではないが、そう覚悟しておいた方がいいかもしれぬな」

大門が替わって尋ねた。

「その井上九之介の居場所は、存じておるのか？」

「一応、長州藩邸の下屋敷だと思います。私どもから、井上九之介様に連絡を取ることはありませんので、江戸のどちらにお住まいかは存じません」

文史郎は、左衛門と大門に目配せした。

「非常事態だ。千吉親分だけでなく、忠助親分や玉吉も呼び集め、今後のことを話し合おう」

「分かりました。ですが、殿、千吉親分や忠助親分を動かすとなると、八丁堀に知らせることになりますぞ」

左衛門が、どうしますか、という顔で文史郎を見た。

誠ヱ衛門も、八丁堀ときいて、心配げな顔を文史郎に向けた。

「誠ヱ衛門、こうした誘拐事件は、我ら相談人だけでは手に負えぬ。秘密裏にでも、それがしたちの信頼できる同心に連絡して、捜査を手伝ってもらうが、良いな」

「……大丈夫でございましょうか？」

「次に天誅隊からなんといって来るか分からないが、そう簡単には人質を殺すことはない。ただの脅しだ。怖れるな。人の弱みにつけ込む敵を許すな。脅しに屈すれば、敵の思う壺だ。それがしたちが、きっと二人を助け出す。そう心配するな」

文史郎はしょげる誠ヱ衛門を励ました。

励ましながらも、心の中は、天誅隊を名乗る輩に、激しい怒りと憎悪を感じるのだった。

四

文史郎は、旭屋誠ヱ衛門が住む母屋を本拠とし、急遽、みんなを客間に招集した。

集められたのは定廻り同心の小島啓伍と、その手下の忠助親分と下っ引きの末松、さらに千吉親分とやはり下っ引きの捨三の五人。

それに、相談人の文史郎、弥生、大門、左衛門の四人だ。

玉吉は連絡が取れなかったので、船頭たちの溜り場に、玉吉宛の伝言として、文史郎たちが旭屋に集まっていることを残しておいた。

左衛門が、昨日の昼日中に、おせいとさなえの母娘が何者かに駕籠に乗せられて、拉致誘拐されたいきさつを話し、ついで、天誅隊の名前で母娘を預かっているという脅迫状が寄せられたことを話した。

同心の小島啓伍が訊いた。

「千吉親分、一昨日から今日にかけて、不審な者は見かけなかったか?」

千吉は捨三たち下っ引きを総動員して、旭屋周辺に張り込ませ、不審な浪人者の出入りを監視していた。

「昨日今日は、旭屋に訪ねて来た浪人者はなしです。うろついている者もいなかったです。そうだな、捨三」

「へい。いませんでした」

文史郎が尋ねた。

「浪人たちの隠れ家は見付けたか?」

「へい。一箇所、見付けました。品川《しながわ》宿近くの古い仕舞屋《しもたや》で、どうやら十人ほどの浪人たちが屯《たむろ》しています」

「十人ほどか。で、どういう連中だ?」

「風体《ふうてい》は大半が浅茅《あさじ》の着物姿の田舎侍で、真面目に木刀を振っている者もいるかと思うと、近くの旅籠の飯盛り女に通う手合いもいる。いま、下っ引きたちに、侍たちの名前を探らせているところです」

大門が訊いた。

「ところで、井上九之介らしい侍は、見かけていないか?」

「品川には、まだ顔を出していませんね」

小島啓伍がいった。

「千吉親分には長州藩の下屋敷に張り込んでもらっています。だから、井上九之介については、すでに人定《じんてい》を確認している。そうだな、親分」

「へい」

文史郎が念を押した。

「井上九之介を見たというのか？」

「へい。あっしたちはやつを見ています。長州藩邸の折助たちに賭場で、ちょいと鼻薬を嗅がせたら、どいつが井上九之介か、教えてくれました」

「どんな男だ？」大門が訊いた。

「長身のがっしりした男で、ちょうど大門さんほどですかね。苦味走ったいい男で、芝居の役者としてもやっていけそうな美男でしたね」

「ほほう。男前だな。剣の方は？」

「北辰一刀流皆伝《ほくしんいっとうりゅうかいでん》と自称しているそうです」

「そうか。覚えておこう」

大門は顎鬚を撫で付けた。

小島は忠助に顔を向けた。

「忠助親分は、その後、どうだ？　新しい隠れ家は分かったか？」

忠助と末松は、浅草寺裏手の吉祥院近くの隠れ家から姿を消した浪人たちを追っていた。

「へい。織田友成や沢島申之介のあとを尾行し、なんとか、新しい隠れ家が深川にあるのを見付けました。いまも手下に張り込ませてありやす」

「深川のどこだ?」

「へい。元妙心寺《みょうしんじ》という廃寺がありやして、そこに屯しているのが分かりました」

「いま、何人ぐらいが出入りしているのだ?」

「こちらも、増えて、十一、二人になってましょうか」

「妙心寺だと?」

「小名木川《おなぎがわ》の二の橋の左岸に寺が集まったところがあるんでやす。ほとんどの寺が境内を女郎屋に貸してあるんですが、妙心寺だけは廃寺になってやして、そこが浪人たちの寝場所になっているんで」

「二ヶ所の隠れ家に集まっている浪人は、合計約二十一、二人か。まだいるはずだな」

文史郎は唸った。

「血判状では、三十七人。もう一、二ヶ所隠れ家がありそうだな」

左衛門は文史郎にいった。

「その二ヶ所のどちらかに、もしかして、拉致した二人を連れ込んで監禁しておりませんかな」

「どうだ、忠助親分、廃寺の方は？」

「手下を張り込ませてあるんで、調べてみます。女子供を廃寺に連れ込むとなると、目立つので、見逃すことはない、と思うのですがね」

「殿、増上寺から拉致したのでござるから、深川へ連れて行くには、いかにも遠い。船も使わねばならない。むしろ、近い品川宿の隠れ家に連れ込むのでは？」

大門がいった。千吉がうなずいた。

「あっしも、大門様の考えに賛成です。品川の仕舞屋に連れ込んだか、あるいは、もしかして、長州藩の下屋敷に駕籠ごと運び込んだのかもしれないですぜ」

「うむ。なるほど。ありうる」

文史郎は腕組をした。

小島啓伍がいった。

「千吉親分、さっそく戻って調べてくれ」

「合点でやす。じゃあ、さっそくに。捨三、行くぞ」

千吉親分と捨三が立ち上がりかけた。

廊下をばたばたと走る足音がきこえた。小太りの誠ヱ衛門が真っ赤な顔をして、座敷に駆け込んだ。後ろから番頭の佐平が走り込む。

「相談人様、届きました。若い衆が持って来ました。新しい脅迫状が」

千吉が鋭い声でいった。

「捨三、追え。まだ遠くには行かねえはずだ」

「合点承知」

捨三は勢い良く座敷を飛び出して行った。

「どれ」

文史郎は新しい脅迫状を受け取って拡げた。

みんなが覗き込んだ。

左衛門が声に出して読み上げた。

『……二人の身と引き換えに、隠し蔵の隠し荷すべて頂戴いたしたく、御用意願いたく候。ついては、承諾するか否かを、明朝明け六ツまでにお返事いただきたく候……』

左衛門は続けた。

「返事の方法は、承諾の場合は赤い幟、拒否の場合は白い幟を、旭屋の屋根に立てよ、とありますな。末尾には、天誅隊と大書してござる」

文史郎は書状の件《くだり》を指差した。

「誠ヱ衛門、これは、いかなことだ？　隠し蔵の隠し荷とは、いったい何のことなのだ？」

みんなの視線が誠ヱ衛門に集まった。

「まことに申し訳ありません」

誠ヱ衛門は文史郎の前に平伏した。番頭の佐平もいっしょに畳に額をすりつけていた。

「訳あって、相談人様たちに嘘をついておりました。申し訳ございません」

文史郎は左衛門や大門と顔を見合わせた。

「隠し蔵はあるというのだな」

「はい。ございます」

左衛門が詰問《きつもん》した。

「なぜ、隠した？　訳をいえ」

「はい。隠し蔵については、幕府から堅く話すことを禁じられておりました」

「幕府が箝口令《かんこうれい》を敷いたというのか」

「はい」

「隠し蔵にある隠し荷とは、いったい何なのだ？」

「……それが、申し上げたいのですが、幕府から堅く禁じられており、他言ができませぬ」

「しかし、この天誅隊は、どうやら存じておるようではないか？　知らなかったら、人質をとって、おぬしを脅すこともあるまい」

「はい」

左衛門の詰問に、誠ヱ衛門も番頭の佐平も項垂《うなだ》れた。

文史郎が左衛門に替わっていった。

「おぬしの立場は分からぬでもない。だが、幕府の役人でも幕臣でもない、そなたが、なぜ幕府の命《めい》を守るのだ？　幕府の命令を守ることは、おぬしの大事な妻と娘を死なすことになるぞ。それでもいいのか？」

「………」

誠ヱ衛門は、下を向いたまま、答えなかった。答えることができなかったのだろう。

廊下に足音が立ち、慌ただしく捨三が戻って来た。

「おう、捨三、どうだった？」

「親分、えらく逃げ足の速い野郎でした。取り逃がしました」

「そうか。取り逃がしたか。畜生め」千吉は舌打ちをした。

「ですが、親分、張り込んでいた弟分の政《まさ》が逃げる男に見覚えがあるそうです」

「おう。そうか。誰だというのだ？」

「名前は分からないが、たしかに長州藩の折助野郎だといってやす」

折助は武家に奉公する中間《ちゅうげん》の蔑称だ。

「小島さん、どうします？」

千吉の目がきらりと光った。やる気だ、と文史郎は思った。

小島啓伍が毅然としていった。

「よし。千吉親分、捨三、政を連れて、長州藩邸に張り込め。その折助をなんとかしょっぴいて締め上げて、どこに二人を監禁しているのか吐かせろ」

「へい、合点です」

「長州藩から何かいちゃもんがついたら、俺の名を出せ。俺が一切《いっさい》の責任を取る」

「そうこなくっちゃ。旦那、あっしらに任せてくだせい。捨三、行くぞ」

「へい、合点でさあ」

千吉と捨三は慌ただしく座敷から出て行った。

「相談人様」

誠ヱ衛門が心を決めた様子で、文史郎に面《めん》と向かっていった。

「申し上げます。隠し荷は幕府に納めるフランス製の最新式鉄砲五百挺、最新式のカノン砲二十門にございます。それから大量の弾薬爆薬を詰めた樽がございます」

「なんと」

文史郎は左衛門と顔を見合わせた。

洋式の鉄砲や大砲は、幕府が指定する禁制品だ。しかし、幕府が外国から正式に購入するとなると、それらの武器は禁制品ではない。

「その隠し蔵は、どこにあるのだ?」

「正確に申し上げれば、陸には隠し蔵はありません。まだ海の上にあります」

「船にある、と申すのか」

「はい。だが、手形の上では、すでに買い込み、納品済となっているのですが、それは書類上の決済です。それらの物資は、ほんとうはすでに陸揚げされて幕府講武所《こうぶしょ》の蔵に入れられてあるはずなのですが、講武所の弾薬庫や武器庫は入れる余地がなく、いま急遽蔵を建設しているところなのです」

「では、船に載せて、江戸湾に浮かべてあると申すのか？」

「はい。それは、届いた一部の荷物です。まだ多くの荷を載せた船が、フランスを発ち、こちらに向かっているところです」

「なるほど。そういうことか。だから、旭屋の隠し蔵はあってもない、と申したのか」

左衛門は苦笑いし、頭を振った。

文史郎は考え込みながらいった。

「しかし、天誅隊は、その隠し蔵と隠し荷の存在を、どうやって嗅ぎ付けたのであろうな」

誠ヱ衛門は、秘密を話してしまった解放感からか、にこやかな顔になっていた。

「私はその話、薩摩から洩れたようにも思います」

「な、なに？　薩摩から洩れたと？」

文史郎は左衛門と顔を見合わせた。

「どうして薩摩から洩れたというのだ？」

「はい。これを知っているのは、幕府以外は薩摩です。フランスからの武器弾薬の買い付けは、薩摩の分も入っているのです。薩摩の分は少量ですが。薩摩は、幕府の公武一和を支持して、尊皇攘夷派の長州への圧力を強めていますが、藩論は二分し、長州尊攘激派と共同歩調を取ろうとしている者たちが台頭しているのです」

「ほう、誰のことか？」

「西郷隆盛《さいごうたかもり》一派です」

「西郷が？」

「西郷隆盛は、薩摩の御庭番《おにわばん》を支配しています。長州戦争には反対ですし、むしろ仲良くしたい。いまでこそ、島津公の意向に従っていますが、いつか、長州の尊攘激派とつるみ、討幕に動くと見ています」

「ほほう。誠ヱ衛門殿は、裏の政治にも詳しいのう」

「政治の機微が分からない者には、私のような船問屋は勤まりません」

誠ヱ衛門は、姿勢を正して、あらたまった。

「相談人様、ここまで、正直にお話しいたしました。幕府のお怒りを食らうことも覚悟の上でございます。どうか、私の妻おせいと、一人娘さなえをお救いください。お願いいたします」

誠ヱ衛門は文史郎の前に平伏した。いっしょに佐平も平伏した。

「お願いいたします」

「分かった。なんとしても、お二人を救い出そう。約束いたす」

「殿、そのような空《から》約束をなさっては……」

左衛門が慌てて文史郎を止めようとした。文史郎は、いいと頭を振った。

「小島啓伍も幕府役人にもかかわらず、千吉たちのやることに、責任を取ると申しておったではないか。それがしも、そのくらいはいわせてくれ」

弥生がほっとした顔でいった。

「文史郎様、それでこそ、わたしの文史郎様。格好いい！」

いいながら弥生は頬を赤く染め、両手で隠した。

大門と左衛門が顔を見合わせ、笑いあった。

「誠ヱ衛門、赤い幟を屋根に立てろ。承諾して、なんとしても二人を救い出す」

「はい。ありがとうございます。番頭さん、では、赤い幟を至急に用意してください」

「はい、旦那様」

番頭の佐平もほっとした顔で返事をした。

掃き出し窓から見える庭に、ふっと黒い人影が立った。文史郎は気付いて、人影に目を凝らした。弥生も刀に手をかけた。

「殿、音吉《おときち》にございます」

着物を尻端折りした若衆が立っていた。

「おう、音吉か。しばらくだな」

音吉は、玉吉の手下だった。かつては、玉吉同様、細作《さいさく》として働いていた。

「玉吉からの伝言です。どうやら、今夜あたり動きそうだ、とのことです」

「そうか」

「ごいっしょ願えますか」

「もちろんだ。いっしょに参る」

文史郎は刀を束ね、立ち上がった。

「殿、どちらへ」

「玉吉が来てくれといっている。行かねば」

文史郎は刀を腰の帯に差した。

「爺が御供いたします」

「爺はいい。爺と大門は、小島啓伍とともに、ここに残って、千吉親分と忠助親分たちを差配してくれ」

「しかし」左衛門が立とうとした。大門も身を起こした。文史郎は二人を制した。

「弥生、おぬし、いっしょに参れ」

「喜んで、御供いたします」

弥生は喜色満面に立ち上がった。

五

玄馬は悲しかった。

己を覆い隠してくれる闇夜だけが味方だと思った。

日が落ち、あたりに黄昏が訪れる。次第に暗さを増していく刻《とき》の流れを玄馬は見ていた。

頭上の桜の花は、故郷の武蔵もここも毎年、いつも変わりなく優しく咲く。花は玄馬にささやきかける。

玄馬は木の根元に背を丸めて蹲った。

「あなた」

目を瞑ると、雪のように舞い散る桜の花の中で踊るお弓《ゆみ》の姿が見える。

お弓は微笑み、娘のお幸《さち》の手を離す。

「おとう」

お幸は覚束《おぼつか》ない足取りで、玄馬に両手を差し伸べて、よちよち歩きして来る。

「おとう」

玄馬は歩み寄ったお幸を抱き上げ、高々と差し上げた。

お幸は大喜びで頭上の桜に手を伸ばし、花びらを散らす。

「お幸、それでは、せっかく咲いたさくらさんが可哀想でしょ」

お弓が着物の裾を乱しながら、坂を駆け下り、玄馬に抱きついて来る。

「あなた」

お弓はお幸を腕に抱く玄馬に寄り添い、腕を絡めて来る。

「いつまでも、こうしていたい」

ひんやりとしたすべすべのお弓の肌が、玄馬の腕に触れる。お弓の手は玄馬の着物の中に忍び込み、玄馬の胸を撫で回す。その快さに玄馬は、思わずお幸の軀といっしょにお弓の軀を抱き締める。

「弓、ぬしが恋しい」

玄馬は、いまも感じるお弓とお幸を抱き締める感触を忘れないでいた。

頭上には、武蔵の山でも見ていた桜の花が微風にかすかに揺れている。

なぜに、俺のお弓とお幸を、殺《あや》めたのだ？

玄馬は、炎に包まれるお弓とお幸を、助け出せずに茫然としていた。燃え盛る火の手に阻《はば》まれ、玄馬は目の前にいるお弓とお幸を見殺しにした。

炎の中、お幸を抱いたお弓は、何ごとかを呟くように口を動かしていた。玄馬は、お弓がなんといっているのか、必死に口の動きを睨んだ。

「……しあわせでした……あなた」

玄馬は炎の中に飛び込み、お弓とお幸を抱いて連れ出そうとした。だが、燃える屋根の梁《はり》が頭上から玄馬に落ちかかり、お弓とお幸を炎の中に連れ去った。

気付いたとき、玄馬は近くの滝壺の水辺に浸かっていた。

あのときに、お弓やお幸といっしょに死んでいれば、こんなに苦しみ、悲しむことはなかった。なぜ、死ねなかったのだ？

いや、あのとき、俺は死んだのだ。あのとき以後の俺は生きる屍《しかばね》になった。

俺がほんとうに死ねるのは、お弓やお幸の仇を討ったあとだ。このまま、終わりにはしたくない。

玄馬は、お弓とお幸の幻影を振り払った。

草葉の陰から、そっと屋敷を窺った。

斬るべき男が屋敷にはいる。捨て子の俺を拾い、一人前のサムライに育て上げてくれた恩人だ。かつては、育ての親と思い、忠義を尽そうと誓った御館様《おやかたさま》だ。お弓とお幸との所帯も持たせてくれた仲人《なこうど》でもある。

自分は、その恩人のため、命じられるままに、剣を振るい、何人もの人を斬った。はじめは嬉々として、人を殺した。相手が強いやつほど斬りごたえがあった。斬ってなんの悔恨もなかった。

だが、お弓を娶《めと》り、お幸を授かってから、迷いが生まれた。ふと思い至ったのだ。己が斬った相手にも、妻がいて、子供もいるのではなかったのか？

そのことに気付いてから、奈落《ならく》の闇に落ちるような思いと悔恨が湧いた。なんということをしてしまったのか？

玄馬は、御館様に、もう暗闇剣は封印し、遣わないと申し上げた。御館様も、真剣におのれの考えを聞き入れてくれて、御上にも、暗闇剣は封印するといってくれた。そうきかされた。

だが、玄馬が早朝、水を汲みに山小屋を離れた、ほんのわずかな隙に、何者かが小屋に火を放った。中に玄馬が寝ていると思ったのだ。

玄馬はとって返し、襲いかかる数人の侍たちを斬り払ううちに、小屋は炎に包まれていた。お弓とお幸の悲鳴がきこえた。

玄馬は両手で耳を塞いだ。

そのとき、ふと生け垣の向こうの雑木林に、何かの気配を感じた。

人が潜んでいる？

玄馬はじっと気配を消し、雑木林を窺った。風が出て来た。風は桜の枝を揺すり、はらはらと花びらを散らせている。

気のせいか？　イタチか、キツネか？

人の気配ではない？

昼間、あのあたりを入念に探索した。人は潜んでいなかった。

玄馬は、気持ちを切り替え、次第に暗闇に覆われていく屋敷を窺った。

屋敷の中から、話し声がきこえる。御館様と奥方様、それから護衛の供侍三人。そのうち一人は腕が立つ、と見た。

まあ寝入るまで、時間がかかりそうだ。玄馬は草叢《くさむら》に軀を横たえ、草いきれの中で目を閉じた。

閉じるとともに、玄馬はまどろみはじめた。昨日一昨日とほとんど眠っていない。

玄馬は睡魔に身を委ねた。

六

夜はしんしんと更けていく。

柱谷中馬は、畳の上に身を横たえたが、眠らなかった。

部屋の行灯の灯は落とされ、真っ暗闇の中にいる。

坂脇豪衛門様の寝所に繋がる廊下の行灯の明かりが、わずかにあたりの調度や掛け軸を浮かび上がらせている。

子《ね》の刻のころか？

中馬は、ぼんやりと坂脇豪衛門様から見せられた墨書の書状を思い浮かべた。

書状は、坂脇様の御命を狙う者が忍んでいる、護衛の者をお増やしなさるよう、という警告だった。

末尾に「相談人　大館文史郎」と大書してあった。

相談人か。

剣客相談人については、耳にしたことがある。自ら剣客を名乗るとは、片腹痛い。剣客などという名称は他人が付けるもので、自称するものではない。

どうせ、ろくな腕前の者ではあるまいて。

今夜あたり、玄馬は来る。

そういう予感はする。

坂脇様は、相談人の警告書を見て、溜め息をついた。「余計なことを」。そう呟いたようにきこえた。

坂脇豪衛門様は、すでに死を覚悟なさっている様子だった。玄馬に斬られても本望。長く生きすぎた。短命であったなら、嫌なことも見ずに済んだものを、と呟いた。

「中馬、もし、玄馬がわしの部屋に忍び込んで来ても、すぐには邪魔をするな。わしは玄馬と話をしたい」

「分かりました」

中馬は、そう答えたものの、坂脇様の考えなど斟酌《しんしゃく》するつもりはなかった。中馬の関心は、上意により、玄馬を成敗することである。

玄馬を倒す。坂脇様は玄馬を呼び寄せる、いわば囮《おとり》だ。

玄馬を斬って、上様やご家老から認められ、さらに上の役目に取り立ててもらうことだ。

玄馬は、そのための踏み台に過ぎない。玄馬を斬ることになんの感傷もない。

ふっと空気が震えた気がした。

かすかに護衛の供侍たちのいる部屋から、呻きがきこえたような気がする。

坂脇様夫婦の寝所を挟んで、護衛の供侍たちの部屋は廊下の先にある。

中馬は玄馬が来た、と察知した。

傍らの刀を摑み、ゆっくりと軀を起こした。

刀の鯉口を切った。刀を少し指で押し出し、いつでも抜けるようにする。

廊下にみしっと軋《きし》みが立った。

行灯がふっと吹き消された。漆黒の闇があたりを隠した。

中馬は片膝立ちになり、襖越しに坂脇様の寝所を窺った。聞く耳を立てた。

ぼそぼそと話し声がする。

「御館様……」

嗄れた低い声がきこえた。

「玄馬か」

「なぜでございます？」

「済まないと思うておる」

「なぜ、父上とも思っていた御館様が、お弓とお幸の命を……」

玄馬の声は呻きだった。

「火をかけた者を斬ったとき、御館様の家臣だと分かりました。なぜに、それがしたちを……」

「上意だった」

しばらく間があった。

「上意ですか……」

「許せ」

一瞬、気が流れた。殺気。

「玄馬！　覚悟」

中馬は襖を蹴破り、寝所に飛び込んだ。

老婆の悲鳴が上がった。

真っ暗闇の中で、中馬は玄馬の気配に刀を突き入れた。

玄馬の影が廊下に飛んだ。中馬も刀を横に薙《な》ぎながら、廊下に走った。

廊下の雨戸が蹴破られ、玄馬の影が庭に走り出た。

中馬も追って、庭に飛び出した。

「玄馬、上意だ。神妙にしろ」

玄馬の動きが停止した。

中馬は壁を塗り込められたような黒々とした闇に、一瞬たじろいだ。怯《ひる》んでいる暇はない。中馬は刀を八相に構え、暗闇剣に備えた。

闇の中に玄馬の気配があった。玄馬が嗚咽しているのに気付いた。

「おぬし、泣いておるのか？」

返事はない。

中馬は意外に思った。冷酷無類の暗殺剣を振るう玄馬が嗚咽している？

なぜだ？

沈黙が流れた。

「玄馬、出せ、開元流暗闇剣白鷺。それがしが打ち破る」

「……おぬしの流派は？」

低い嗄れた声だった。嗚咽は止まっていた。

「神道無念流皆伝」

一呼吸の間があった。

中馬は心眼を開いた。おぼろげながら、玄馬の影が斜め右に立っている。

間合い三間。

中馬は玄馬に向かい、身を翻《ひるがえ》して跳び込んだ。一跳びで斬り間に入る……はずだった。
相手の影はなかった。左手に白い鳥が飛んだ。白鷺？
なぜ？　こんなところに白鷺？
中馬は白い鳥に一瞬気を取られた。
空《くう》を切って何かが中馬を襲った。反射的に中馬は剣で弾いた。
飛翔した物は中馬の刀にくるくると巻き付いた。
「おのれ」
中馬は刀に巻き付いた紐を切り払おうとした。闇の中にぐいぐいと刀が引かれる。
中馬は刀を持っていかれまいと足を踏張った。
次の瞬間、何かが唸りを上げて喉元を襲うのを感じた。異様な形の刃だ。
切られる。中馬は思わず、紐が巻き付いた刀で喉元を守ろうとした。
刀で受けるのと同時に、喉を刃が切り裂くのを感じた。
そうだ。鎌だった。
中馬は刀をぱっと離し、両手を喉にあてた。生温かい血が噴き出ている。
玄馬は得物を振り上げ、襲いかかる。

「止《とど》めだ」

「待て！」

叫び声が起こった。

その瞬間、黒い影が中馬の前に躍り出た。

止めの得物を刀が弾き返した。金と金の打ち合う快音が立った。

玄馬が飛び退いた。

黒い人影が中馬と玄馬の間に走り込んだ。

「玄馬、拙者が相手いたす」

人影は静かな声でいった。刀を八相に構えている。

「おぬしは、もしや？」

「相談人大館文史郎」

「やはりおぬしか。こんなところで会うとはな」

もう一人の影が、玄馬の背後に立った。

玄馬は背後の影に気付いた。

「おぬしは何やつ？」

「相談人大瀧《おおたき》弥生」

女子の凜《りん》とした声が響いた。

「なんだ、女子ではないか」

玄馬の嗄れた声が笑った。

「それがし、女子は相手にしない」

弥生と名乗った女の声が響いた。

「なにをいう。女子を相手にせずだと？」

「女子供の出る幕ではない」

玄馬は暗闇の中で、するすると紐を引き、中馬の刀を引き寄せた。

「そこだ！」

大館文史郎の影が跳び、玄馬に刀を打ち込んだ。

一瞬、一合、二合打ち合って、玄馬の影がさっと生け垣まで飛び退いた。

玄馬の影が揺らいだ。血の臭いが、闇夜に流れた。

玄馬は肩で息をしていた。

「今夜は、勝負をお預けにしたい。どうだ、文史郎」

「よかろう。だが、一ついいたいことがある。玄馬、おぬしら、卑怯だぞ。女子供を攫い、人質に取るとは、何が勤王の志士だ。何が尊皇攘夷だ」

「なに、誰がそんなことをした?」

「とぼけるな」

文史郎は怒鳴った。

「そうよ。あなたたちの頭、井上九之介にききなさい」

弥生の声がまた響いた。

一呼吸の間があった。

玄馬は嗄れた声でいった。

「文史郎、……それに弥生とやら、今夜はおぬしらを相手する気分ではない。また会おう」

玄馬は身を翻した。生け垣を飛び越え、雑木林に駆け込んだ。玄馬の影は漆黒の闇に消えた。

「しっかりしろ」

文史郎の影が駆け寄った。

中馬は徐々に意識が遠退くのを感じた。

「何か、言い残すことはないか」

文史郎の声がきこえた。中馬は喉元の傷口から噴き出る血を押さえながら、絶え絶えに暗闇剣に勝つ術《すべ》を話すのだった。

第四話　上野寛永寺の決闘

一

雲間から星空が現れた。細くて、いまにも消え入るような二日月《ふつかづき》が掛かっていた。

文史郎は男を抱え起こした。喉元の傷から血が噴出している。男は自分の手で傷口を押さえ、血を止めようとしていた。だが、血はあとからあとから流れ出した。

男の命は消えようとしていた。

文史郎は男の耳許でいった。

「何か、言い残すことはないか？」

男は何かをいおうとしていた。口を動かそうとしている。

「…………」

話そうとするたびに喉に開いた傷口から空気が洩れた。男は傷口を押さえ、何ごとかを告げようとした。

白い鳥は投げ餌……。

男はそういった。男の力は急に失せ、だらりと手が下りた。

文史郎は男を地べたに横たえた。

「文史郎様、なぜに、玄馬を討たなかったのですか？　勝っていたのに」

文史郎は地べたに突き刺した刀を抜き、懐紙で血糊《ちのり》を拭った。深手ではないが斬った手応えはあった。

「やつに井上九之介の隠れ家へ案内させるためだ」

いまごろ玉吉と音吉がつけている。

「誰か……」

母屋の座敷から老婆の呼ぶ声がきこえた。

文史郎と弥生は、急いで蹴り破られた雨戸を乗り越え、座敷に足を踏み入れた。

暗闇に血の臭いが満ちていた。

「旦那様が……」

暗がりに、蒲団の上で、老夫を抱え、おろおろしている老女の影があった。

二

玉吉は闇を走った。

付かず離れず。常に玄馬の影を視界に収めている。ときに玄馬の後ろを、ときに玄馬と並走する。気配は消したままだ。

玄馬は時折、走るのをやめ、闇に息をひそめる。尾行を警戒し、あたりの気配に全神経をそばだてている。

玉吉も闇に休み、呼吸を整える。

手負いか？

玄馬は文史郎様に斬られて手傷を負っている？　深手ではない。

それで玄馬の足は遅くなっているのだ。

空を覆う雲が切れて、かすかに星空が覗く。

太い大木の陰に蹲った玄馬の影が、また動き出す。行く手は大川だ。

玉吉は玄馬の先を読んだ。

舟か。やつは舟をどこかに隠している。

玉吉はするすると後退りした。玄馬を行くままにし、大きく迂回して、川岸に向かって走った。

玉吉も舟を岸辺の葦の中に隠している。

あたりを窺い、猪牙舟《ちょきぶね》の舫《もや》いを解いた。

丈の高い草叢に何かが動いた。

玉吉は舟縁から手を離し、背の帯に差した短剣に手をかけた。

チッとかすかに口を鳴らす音がきこえた。

音吉だった。

玉吉は無言のまま舟を押し、川面に出した。音を立てずに舟に乗り込んだ。音吉の影も静かに舟に潜り込む。

「やつ、来ます」

音吉が囁いた。川の流れに舟を乗せる。

玉吉と音吉は舟底に身を潜め、川面にじっと目を凝らした。

どこかで葦を分ける気配があった。

やがて、一艘の猪牙舟の影が川上から下って来る。玄馬の影が櫓を漕いでいた。

玉吉と音吉は舟の中で身動《みじろ》ぎせず、玄馬の舟が流れ下るのをやり過ごした。

玄馬の舟がだいぶ離れてから、音吉が立ち上がり、そっと櫓を漕ぎ出した。水音を立てず、流れの主流を選び、舟を入れる。

舳先に蹲った玉吉ははるか前方の玄馬の舟影にじっと目を凝らした。

どこかで魚が水面に跳ねる音がした。

三

玄馬は猪牙舟を小名木川に入れ、二の橋の船着き場に寄せた。

東の空はしらじらと明けはじめていた。

朝が早い魚屋が舟を漕ぎ、朝靄がかかった掘割を魚市場へ急いでいる。

玄馬は腕の傷に巻いた手拭いを、きつく締め直した。出血はどうにか止まっている。

文史郎。手強い相手だ。だが、あいつにならば、斬られても本望。

恩になった御館様を斬ったいま、もはや思い残すことはない。だが、文史郎と弥生とかいった相談人たちは、気になることをいっていた。それを確かめたい。

玄馬は舟の舫いを桟橋の杭に繋ぎ、得物を摑んで陸に上がった。

女郎屋が並ぶ深川の花街は、朝靄の中に沈み、まだ眠っている。

玄馬は得物の杖をつきながら、花街の通りに足を進めた。

一軒の女郎屋の前で足を止めた。

ちょうど玄関の格子戸を開けて、緋色の襦袢姿の女が欠伸《あくび》をしながら顔を出した。

「おかえんなさい」

「うむ」

「井上は？」

「まだ寝てますよ」

玄馬は杖を板壁に立て掛け、草履を脱いだ。桶の水で足を洗い、式台に上がった。

「下女にやらせればいいのに」

襦袢姿の女は乱れた髪を直しながらいった。

玄馬は血だらけの手拭いを腕から外した。

「あらま、怪我をなさっている」

「新しい手拭いを頼む」

「あい」

遊女はどたどたと足音を立てて、どこかへ姿を消した。

玄馬は桶から手桶で水を掬《すく》い、土間で腕の傷口に流して洗った。

玄馬は帳場に入り、長火鉢の灰をむんずと手で摑み、傷口に塗り付けた。灰が傷に沁みて、ずきずきと痛んだが、たいしたことはない。

どたどたと足音が戻り、遊女は乾いた手拭いを差し出した。

「うむ。ありがとう」

「大丈夫？　蟇《がま》の油があるよ」

「いらぬ。なんの、これくらいの傷、大したことはない」

手拭いで傷口を覆い、きつく縛った。

「……男だねえ。わたしの部屋に来て休むかい？」

遊女は玄馬に笑いかけた。玄馬は遊女に顔を向けた。

「こんな顔の俺が気味悪くないのか？」

遊女はけらけらと笑った。

「平気だよ。だって、あんたの気が優しいの知っているもの。火傷の顔なんかちっとも恐かないよ」

「そうか」

「ね。遠慮しなくていいよ。やさしくしてあげるから」

「……ありがとう。だが、今日はいい。二階に上がって休む」

「そうかい。じゃあ、お休みなんしょ」

遊女はまた大きな欠伸をし、尻をぼりぼりと搔いた。

玄馬は杖を小脇に携え、階段をゆっくりと上がった。廊下の左右の障子戸から、鼾《いびき》や寝息がきこえてくる。

玄馬は突き当たりの右の部屋の障子戸を静かに開けた。

「玄馬か？」

朱色の蒲団が動き、むっくりと男が起き上がった。傍らに赤い襦袢の遊女がしどけなく眠っている。

「いま帰ったのか？　朝帰りだな」

「ああ。いま帰った」

「怪我をしているな」

「軽い怪我だ。一日もすれば治る」

玄馬は折り畳まれてあった蒲団を拡げた。

蒲団の中にあった浴衣に着替えた。

玄馬は蒲団にどさりと倒れ込んだ。

「玄馬、今日は忙しくなる。頼りにしておるぞ」

「………」

玄馬は搔《か》い巻《ま》きを被り、井上九之介に背を向けて目を閉じた。

「旭屋は、剣客相談人に助けを求めた。やつらは手強い連中だ」

「あんた、もう起きたの……やだあ、そこ、くすぐったい」

遊女が身悶えする気配と甘い囁きがきこえた。

剣客相談人か。玄馬は文史郎の太刀捌きに怖れを感じた。初めてのことだ。確かに手強い、と玄馬は思った。

「玄馬、もう寝たのか」

「………」

「今日は、特におぬしに頼みがある」

「……なんだ?」

「遠藤と山門では、どうも不安だ。玄馬、おぬしに、人質の監視を頼みたい」

「人質だと?」

玄馬は目を開いた。

「旭屋誠ヱ衛門の女房と娘子の二人を捕らえてある。人質だ」

「なんのために人質を取った?」

「旭屋誠ヱ衛門から隠し蔵に隠してある荷のありかを聞き出すためだ。どうやら隠し荷は陸揚げできず、都合がいいことに船に積んだままらしい。船は、沖に繋留させているそうだ」

「その船をどうする？」

「船を積み荷ごと頂く。そして、横須賀へ乗り付ける」

「誠ヱ衛門は、素直に船を渡さぬだろう」

「そのための人質だ。人質さえ押さえてあれば、誠ヱ衛門はなんでもいうことをきく。女房と子供可愛さにな」

そうか、相談人の文史郎や弥生は、このことをいっていたのか？

「誠ヱ衛門は、必ず相談人に二人の救出を頼むだろう。玄馬、やつらが二人を取り返しに来たら、やつらを斬ってくれ」

「…」玄馬は目を閉じた。

「いいな。頼んだぞ」

やがて、井上たちの睦み合う気配が始まった。

玄馬は無心になり、睡魔に己の身を委ねた。闇に吸い込まれて行く。

四

南町奉行所の大広間は緊張に包まれていた。

大広間には、与力頭の桜井静馬をはじめ、与力十人衆が居並んでいる。その後ろに、小島啓伍ら同心二十五人がずらりと正座していた。

正面中央には、南町奉行の佐々木《ささき》信濃守《しなののかみ》顕発《あきほっ》が憮然とした顔で座り、与力同心たちに向き合っていた。

文史郎や大門、左衛門、弥生は、特別顧問として招かれ、用意された右手の上座に座っていた。

与力頭の桜井静馬がはじめに報告していた。

「……相談人たちのご尽力により、与力の故高井周蔵と隠密廻り同心の故木島幹之信両名を殺めた下手人は、武州浪人小宮山玄馬である疑いがきわめて濃厚であることが判明した。

小宮山玄馬は江戸市中某所に潜伏中なので、各番所に手配書を配り、全力を上げて玄馬を捕縛したいと思う」

桜井は一息入れた。

「二人が殺された理由なのだが、どうやら、二人は尊攘激派の浪士が京都から江戸へ下って来ており、不穏な動きをしていることを嗅ぎ付け、その内情を調べているうちに、不幸にして、浪士隊の人斬りである小宮山玄馬に殺められたと思われる」

与力、同心たちが騒《ざわ》めいた。

「その浪士隊について、本日は公儀隠密支配の中山左近殿がおいでいただいているので、最新のお話を伺うことになった。中山殿、よろしくお願いいたします」

桜井は、南町奉行佐々木信濃守顕発の隣に座った勘定奉行方中山左近に頭を下げた。

中山はうなずき、背筋を伸ばして話しはじめた。

「京都守護職からの報告によると、京都で悪業の限りを尽くしていた尊攘激派の頭目、長州浪人の井上九之介らが、浪士三十余名を引き連れて、江戸に下ったとのことでござった。

浪士隊の隊士は、いずれも剣の達人だとのこと。総隊長井上九之介自身、北辰一刀流皆伝を豪語している。捕縛にあたっては、十分に注意なさるように。

なお、さきほど桜井殿が挙げていた小宮山玄馬は、井上九之介の用心棒であることが分かっている。

この玄馬なる浪人は顔を火傷し、異形《いぎょう》な面相を覆面で隠しておるので、すぐに判別できよう。腕前は不明だ。だが、北辰一刀流皆伝の井上九之介が用心棒として玄馬を傍に置く以上、玄馬はかなりの腕前と見ていい」

弥生がそっと横目で文史郎を見た。目が私たちはすでに玄馬と戦っていますよね、といっている。

「長州浪人井上九之介は、長州藩を脱藩したことになっているが、それは形だけだ。いまも長州藩邸に出入りしており、長州藩内の要路から支援を受けていると思われる」

中山は一呼吸ついて続けた。

「井上たち尊攘激派は、しきりに謀議を重ねている。彼らは幕府の軍事力を弱体化させるべく、幕府の要人の暗殺を計画していると見られる。

暗殺対象の要人は、以下と思われる。前南町奉行で現勘定奉行の小栗上野介様、前講武所奉行で陸軍奉行の大関増裕様、軍艦奉行並勝海舟様ら。さらには、将軍徳川《とくがわ》慶喜《よしのぶ》様」

与力同心たちがまた騒めいた。

「これら、要人には公儀の護衛が付けられるので、一応心配はない。だが、もし、暗殺に関連する話を聞き付けたなら、ぜひ我らの方にも連絡をお願いしたい」

騒めきが収まった。

中山はみんなを見回した。

「尊攘激派は江戸の町の治安を乱し、京都の町のような騒乱の巷にせんと目論《もくろ》んでいる。厳重注意されたい」

中山は一息ついた。

「彼ら尊攘激派は、京都においては、天子様がおられる御所の門に向かって、大砲の弾を撃ち込んだり、火を点けた荷車を屋敷の門に突っ込ませるようなことを平気で行なっていた。江戸においても、同様な暴挙を行なうかもしれないので、これまた厳重に注意されたい。

彼らの暴挙に腹を立て、下手《へた》に火付盗賊改めなど先手組《さきてぐみ》を出し、長州藩など尊攘激派の藩邸を襲撃させれば、彼らは、それを口実に討幕の気運を焚き付けようとするので、十分にご注意願いたい。ゆめ彼らの挑発には乗ることなく、常に冷静に行動されんことを祈る」

中山の講話は終わった。奉行の佐々木信濃守顕発が中山に小声で礼をいった。

佐々木奉行は、みんなを見回した。

「皆、きいての通りだ。尊攘激派の挑発には絶対に乗らぬよう。注意してかかれ。尊皇攘夷を唱えても、江戸の治安を乱す極悪人は、容赦なく取り締まるように。責任は奉行の私が取る。以上だ」

奉行の佐々木は、それだけいうと立ち上がった。

与力、同心たちは一斉に平伏して、佐々木が広間から出て行くのを見送った。

文史郎たちも頭を下げた。

五

文史郎たちは、八丁堀の茶屋千草の座敷に集まった。

「しかし、殿、先ほどの奉行所での話は、どきどきしましたな」

大門が笑いながらいった。左衛門もうなずいた。

「そう。いつ、旭屋のことがばれるかと、ひやひやしましたな」

「うむ。我々も、少々急がねばならぬな」

文史郎は、みんなを見回しながらいった。

「問題を整理したい。まず、第一に、我々は与力頭の桜井静馬殿から、与力の高井周蔵殿たちを殺した下手人を捜すことを頼まれた」

「さようでしたな」と左衛門。

「こちらは、どうやら手を下したのは、暗闇剣を遣う小宮山玄馬だということが分かった。二人が殺された理由は、高井殿たちが旭屋を巻き込んでの尊攘激派の浪士隊の陰謀を嗅ぎ付けたからだった」

「そうでござった」

左衛門はうなずいた。

「その最中、旭屋誠ヱ衛門のお内儀のおせいと、一人娘のさなえの二人が天誅隊に拐《かどわ》かされた。そこで、急遽、それがしたちは、誠ヱ衛門から二人の救出を依頼された」

文史郎は皆を見回した。

「これが目下《もっか》、喫緊《きっきん》の解決すべきことで、ほかのことは、とりあえず、どうでもいい」

「そうです。どうでもいい。ともかく、なんとしても、さなえちゃんとお母さんを救い出さねばならん」

大門が大きくうなずいた。左衛門も同意の相槌を打った。

弥生が首を傾げた。

「それはそうですが、考えると事は厄介ですよ」

「うむ」

「旭屋誠ヱ衛門は、天誅隊に、二人の身柄を解放するのと引き換えに、隠し荷すべてを渡すという承諾をしましたが、これから誠ヱ衛門は、どうするつもりなのですかね」

「問題は、それだ。誠ヱ衛門が隠し荷を引き渡すといっても、天誅隊は、どこでどう受け取るのか。そして、天誅隊は隠し荷の武器弾薬を受け取ったあと、どうするつもりなのか？」

小島が身を乗り出した。

「天誅隊の背後にいる長州藩に隠し荷を引き渡すのでは？」

「そんなことを幕府は黙って許すと思うか？」

「ですから、知らせないで、そっと渡す」

文史郎は笑った。

「それは無理だろうな」

弥生が疑問を出した。

「もし、幕府が嗅ぎ付けたら、いかがなりましょう？」

「幕府は断固として、人質事件に介入し、誠ヱ衛門に隠し荷の引渡しを拒否させるだろう。幕府にとっては、誠ヱ衛門の女房と娘の二人など、どうでもいいからな」

「それは困ります」弥生は顔をしかめた。

文史郎はいった。

「ほんとうは、誠ヱ衛門は承諾の赤い幟を立てたが、幕府の許可なしに、勝手に隠し荷を処分はできないはずだ。隠し荷は幕府のものであって、誠ヱ衛門のものではないからな」

文史郎は同心の小島に向いた。

「小島、旭屋の人質事件のこと、まさか奉行や上司に報告していないだろうな」

「はい。報告しておりません。御奉行も与力頭の桜井静馬様も、我々が動いているのは、与力の高井周蔵様や同心の木島殿の殺しについての下手人を追っていることだと思っていますから」

「それでよかった。おぬしが報告しておったら、大事《おおごと》になるところだった」

文史郎は左衛門や大門と顔を見合わせ、安堵の顔をした。

「事を急がねばならん。いずれ、遅かれ早かれ、旭屋の身内の者二人が、天誅隊に拉致されたことを幕府は嗅ぎ付ける。そうなったら、旭屋に待ったがかかり、人質は見殺しにされかねない。その前に我々がなんとか、人質たちを奪還しなければならん」

「しかし、文史郎様、誠ヱ衛門は天誅隊に人質と隠し荷の交換を承諾しましたよ。旭屋の隠し荷ではないが、ともあれ人質を解放しようとして。それを邪魔してでも、それがしたちが人質を奪還しようというのですか？」

弥生が疑問を呈した。文史郎はうなずいた。

「弥生。誠ヱ衛門の心中を推し量ってやれ。旭屋は苦し紛れに、赤い幟を立てた。あれは、時間稼ぎのためだ」

「時間稼ぎですか？」

「白い幟を立てたら、天誅隊は人質を殺すだろう。そうしないと、彼らとしても示しがつかないからな」

「そうでござるな」

左衛門がうなずた。

「承諾するといったときの誠ヱ衛門の顔を見たか？」

「いえ……」弥生は唇を噛んだ。

「誠ヱ衛門は天誅隊に承諾の返事をしたが、これから交渉に時間がかかることが分かっていたはずだ。なにしろ、彼は商人《あきんど》だ。相手と折り合うまでには、結構時間がかかかることを知っている。その交渉をする間に、我々になんとか、人質を奪還してほしい、と願っているはずだ」

「……そうですか」

弥生は考え込んだ。

文史郎は笑いながらいった。

「弥生、考えてもみるがいい。船に積んであるという隠し荷だが、それを幕府の役人に内緒で移すことなど出来ることではないぞ。見張りの役人もついていよう。武器弾薬となると船手組《ふなてぐみ》も警備についているはずだ」

「そうですねえ」

「そういう船を渡すとすれば、必ず幕府の役人に知れる。そうなったら、誠ヱ衛門は幕府と争うことになる。そんなことはできまい。だから、誠ヱ衛門は、天誅隊との交渉をぎりぎりまで延ばそうとするはずだ。我々に人質を救出してもらうためにな」

「天誅隊が焦《じ》れて、何かしかけたら、どうなりますか？」

「焦れても、彼らも下手《へた》には動けまい。動いて、公儀隠密が気付いたりしたら、せっかく手に入りかけた隠し荷がふいになるからな」

文史郎は頭を振った。

弥生が不安げにいった。

「私が心配しているのは、天誅隊は、いったい何をしようとしているのか、それが分からないことです」

「どういうことだ？」

「天誅隊は、何を考えて人質と交換に隠し荷を手に入れようとしているのか、です。仮にうまく運んで、隠し荷を手に入れたとして、どうするつもりなのか？　まるで目算がないことをやろうとしているように、私には見えるのですけど」

「そうでござるな。それがしも、弥生殿と同じ考えでござる。天誅隊の考えが分からぬ」

大門も頭を振った。文史郎も考え込んだ。

「いわれてみれば、確かに変だな。何か、我らが気付かぬ企みがあるのだろうか？」

左衛門が笑った。

「殿、弥生も大門も、天誅隊のことをくよくよ考えても仕方がないではないですか。要は幕府が気付く前に、我らが人質の二人を取り戻す。それしかないと思いますがね」

「うむ。それはそうだな。いまは余計なことを考えまい」

文史郎もうなずいた。

「爺さんはいいことをいう。さすが年の功でござろうな」

大門も弥生と顔を見合わせ、笑顔になった。

「さて、これから、どうするかだ」

文史郎は座敷の隅に控えた千吉と忠助に目をやった。

「なんとしても、二人が監禁されているところを見付けねばならん。これまで見つかった隠れ家には、二人の姿はなかったのか？」

「千吉親分、忠助親分、ちょっとこっちへ来てくれないか」

小島は二人を手招きした。

「へい」「へい」

忠助親分と千吉親分はのっそりと立ち、小島と文史郎の前に進み出た。

「話をおききして、ようく事情が分かりやした。これはていへんなことだと」

忠助がいった。千吉もうなずいた。

「あっしも。なんとしても早く二人を見付けないと、えらいことになるって」

文史郎は二人を見ながらいった。

「おぬしらを頼りにしているぞ」

「へい」「へい」

二人の親分は神妙な顔でうなずいた。

小島が千吉に顎をしゃくった。

「千吉、報告があるんだろ」

「へい。捨三と政が、例の脅迫状を届けた折助野郎をとっ捕まえやした」

「そうか。でかした。どこで捕まえた？」

「長州藩邸に張り込んでいたら、あの野郎、ひょこひょこ出て来やがった。やっぱ睨んだ通り、長州藩邸で折助やっている野郎でした。それで、野郎捕まえて、ちょっと締め上げたんです。そうしたら情けない野郎で、ぺらぺらといくらでも白状《うた》うんで」

「何か分かったか？」

「誰から手紙を届けろと指示されたのか、と訊いたら、井上九之介でやした」

「やはり天誅隊は井上九之介がやっているのだな。それから？」

「野郎、井上たちが増上寺から駕籠で女と娘っこを運ぶのをちょっと手伝ったそうなんです」

「なんだと、手伝った？　何をしたというのだ？」

「駕籠舁《か》きを呼んで来たり、見張りをしたり」

「女と娘を乗せた駕籠は、どこへ運んだというのだ？」

「長州藩蔵屋敷にだそうです」

「その長州藩蔵屋敷はどこにあるのだ？」

「品川宿近くでさあ。旭屋から、そんなに遠くではないところでやす」

「じゃあ。二人は蔵屋敷に監禁されているのだな」

「ところが、そうじゃねえそうで。運び込んだはいいが、そこで井上は蔵屋敷の上役から叱られた。こんなところに連れて来るなって。迷惑千万だと」

「ほう。それで？」

「すぐに井上たちは駕籠ごと、またどこかへ連れ去った」

「どこへ」

「それは分からなかったそうです。野郎はちょっと金を貰ってパシリをやらされていただけだ、井上の仲間ではないと泣いてました」

「その男、井上たちから何か聞き付けていなかったか？　これから何をしようとしているか、とかは」

「さあ。それは知らないようでしたね」

千吉は頭を振った。小島がいった。

「品川宿には、浪士隊の隠れ家の仕舞屋があったんじゃないか？」

「へい。そうなんです。それで、たぶん、そこに駕籠を運び込んだんじゃねえかと思い、いま捨三たちに張り込ませてあるんです」

文史郎は小島と顔を見合わせた。

「殿、もしかして」小島はにっと笑った。

「うむ。よし。我々もすぐに出掛けよう。千吉、案内しろ」

「合点でさあ」

小島と千吉が立ち上がった。

文史郎は刀を鷲摑みにして立った。

「皆、行くぞ」

左衛門、大門、弥生、忠助親分全員が、一斉に立ち上がった。

六

二挺櫓の猪牙舟は快速で飛ばした。

文史郎たちが分乗した二艚の猪牙舟は、掘割から大川へ、そして江戸湾に出た。

江戸湾は凪いでおり、まるで湖のように静まっている。

猪牙舟は品川宿の海岸の船着き場に横付けすると、文史郎は千吉に続いて桟橋に飛び移った。

「こっちでさ」

千吉は尻端折りで先になって走った。

文史郎はおっとり刀で続いた。後ろから小島や弥生、忠助親分が続き、大門、左衛門があたふたと駆けて来る。

一刻も早くおせいとさなえを救出したい。

気ばかり急いていた。

品川宿の旅籠街を走り抜け、やや芝浦の方角に戻ったところで、千吉が手を上げて、止まった。

松の木立ちの陰から、一人の男が転がるように出て来た。捨三だった。

文史郎をはじめ、みんな息を切らせていた。全員、肩で息をしている。

松の木立ちの真ん前に一軒の古い仕舞屋が建っていた。屋根は萱葺きで、家の周囲は生け垣で囲まれている。雨戸が閉まっている。

家は静まり返り、人気《ひとけ》がない。

通りをのんびりと馬に牽かれた荷車が過《よぎ》って行く。

「親分、いってえ、これはどうしたんですかい？」

「捨三、隠れ家に何か変わったことはなかったか？」

「いえ。なんも」

「人質がいるかもしれない。家捜しする」

「そうですか。おもしれえ」

捨三は十手を抜き、舌なめずりした。

小島が松の幹から仕舞屋を覗いた。

「人の出入りはあったか？」

「へい。浪人者たち六人が、ぞろぞろと出て行ったばかりでさ」

「人質の二人は？」

「いえ。それらしい女も子供の姿も見てません」

「張り込んでいるのは、捨三、おまえだけか？」

「いえ。裏木戸のほうに政が張り込んでます」

文史郎は捨三の肩越しに、仕舞屋を見た。

「裏から出入りした様子はあるか？」

「あれば政が知らせに駆けて来ることになってやすんで」

「いま、家の中には、何人くらい浪人者がいる？」

「これまで、六人出ましたので、あと三、四人いるかいないかでしょう」

「殿、いかが、いたします？」

ようやく息切れが止んだ左衛門が囁いた。

「よし。家に打ち込もう。三、四人だったら、我々の方が数も多い」

「了解です。やりましょう」

「弥生と忠助親分と千吉親分は、家に打ち込んだら、直ちに家捜ししてくれ。我々は出て来る浪人たちを制圧する」

「了解です」「合点でやす」「合点」

弥生たちは返事をした。

「小島と大門、忠助親分は裏木戸に回り込め。残りは表から打ち込む。我々が打ち込んだと思ったら、裏からも飛び込め。手向かう者は打ち倒せ。人質救出のためには躊躇するな」

「はい」「はい」

小島たちはうなずき、松の木立を抜けて、裏口の方角に走り去った。

「殿、昔の合戦を思い出しますな」

大刀の柄を握った左衛門が腰を低めて、飛び出す構えをした。

「爺、それがしは合戦など知らぬ。爺といっしょにするな」

文史郎は笑いながら、刀の下緒《さげお》を解き、手早く襷掛けした。

「弥生、用意は……」

「いつでも、いいです」

弥生もいつの間にか、白い紐で襷掛けになっていた。白い鉢巻きをきりりと締めている。

文史郎は小島たちが裏手に回る頃合いを計った。

「捨三」

「へい」

「おまえは見張りだ」

「ええ？　あっしも打ち込みたいんで」

「見張りは大事な仕事だ。もし、浪人者たちが帰ってくるのを見たら、呼子《よぶこ》を吹け」

「へい。合点しました」

捨三は少しがっかりした様子だったが、気を取り直し、首に吊した呼子を見せた。

「よし。行こう」

文史郎はすっくと立ち、大股で仕舞屋の玄関に向かった。左右に左衛門と弥生が付いた。

「行け。戸を開けろ」

文史郎は千吉親分に顎をしゃくった。

「合点です」

千吉親分は、十手を腰から抜き、玄関に突進した。

文史郎は仕舞屋の庭に目を向け、人がいないのを確かめながら、玄関先に急いだ。

「へい、御免よ。誰かいるかい？」

千吉親分は大声で訪いをして、がらりと格子戸を引き開けた。

「御免なすって。御用の筋だい。邪魔するぜ」

千吉親分は、ずかずかと土足で家の中に踏み込んだ。

「なんだ、おまえら」

「無礼者」

「なにが御用の筋だ」

浪人者三、四人が口々に叫びながら、血相を変えて飛び出して来た。

千吉親分は、さっと飛び退き、文史郎たちに道を開けた。

「おとなしくしろ」

文史郎は怒鳴った。

「抵抗するな。南町奉行所の者だ！　家捜しいたす」

左衛門が大音声で叫んだ。

「おのれ。木端役人どもめが」

浪人たちは、一斉に抜刀して、文史郎と左衛門に構えた。

裏木戸からも打ち込む喚声が上がった。

浪人たちは、挟み撃ちされ、うろたえた。

裏口から、小島を先頭にして大門と忠助親分、政が入って来た。

いきなり、浪人たちが文史郎たちに斬りかかった。

文史郎は刀を一閃させ、先頭の一人を峰打ちで叩き伏せた。左衛門も一人を峰打ちで打ちのめす。

弥生と千吉親分が、文史郎や左衛門の脇を擦り抜けて、家の中に駆け込んだ。

裏から入った小島と忠助親分も家捜しに走り込んだ。

浪人たちとの闘いは呆気なく終わった。

留守番をしていた浪人たちは四人だった。いずれも若侍で、剣術の腕前も大したことはなかった。

小島は四人を後ろ手に縛り上げ、床に並んで座らせた。四人はすっかり戦意を失い、これからどうなるのだろうか、と不安そうな顔をしていた。

家の中を隈無く家捜したが、おせいとさなえの姿はなかった。

部屋はいくつもあったが、いずれの部屋も浪人たちの寝床だけで、人質を監禁した気配はなかった。

「殿、いかがいたします、こやつら」

左衛門が文史郎に訊いた。

小島が十手を掌にあてながら嘯《うそぶ》いた。

「番所にでも連行して、少し、責めてみますか。人質のことで、何か吐くかもしれない」

四人の若侍たちは、責めるという言葉を聞いて青ざめていた。

「さあ、どうするか」

文史郎は笑いながら、並んだ四人の前に、どっかりと座った。みな上目遣いに文史郎を見ていた。

「我々が何を捜しに来たのか、うすうす分かっているだろうが、我々はおぬしらの長井上九之介に拉致され、人質になった母と娘子を救いに来た。ここにいったん駕籠で運ばれたことは分かっている。どこへ連れ去られたのか、教えてくれぬか？」

四人はそっぽを向いていた。

「番所に連行して、水責めにかけて、無理遣理《むりやり》にも吐かせる手もあるが、我々は、そんな手は使いたくない。諸君は単なる犯罪者ではない。勤王の志士なのだろう？　だったら、女子供を人質に取るような卑怯な真似はするな。いうことをきかなければ人質を殺すと脅すような卑怯なやり方が勤王の志士のやり方なのか？」

「私にもいわせてください」

弥生が文史郎の隣に座った。四人の若侍は、弥生のきりっと引き締まった顔を上目遣いに見た。

「あなたたちは、サムライでしょう？　サムライは、大義のためなら、いつ死んでもいいと思っている。サムライの道を外れるようなことはしない、と。私は女ですが、卑怯な己もサムライとして生きたいと思っています。人として人の道に外れるような卑怯なことはしない、と天に誓って、堂々と生きて来たし、これからも卑怯な真似はしないつもりです。私があなたたちに何をいいたいか、お分かりでしょう？　なんの罪もない女子供を人質に取るような卑怯な真似はしてほしくない。それだけです」

弥生は目に涙を溜めていた。

「文史郎様、行きましょう。この人たちにサムライの道を説くのは無駄です。残念ながら」

「そうだな」

文史郎は溜め息をついた。

外で呼子が鳴った。

浪人たちが戻って来たのだ。

「よし。撤収しよう」

「こやつら、いいのですか？　しょっぴかなくても」

小島が十手をぽんぽんと掌にあてた。

「いい。有為の若者たちだ。いつか、気付いてくれるだろう」

「さあ、どうですかね」

大門が頭を振った。文史郎はいった。

「爺、弥生、こいつらの縄、解いてやれ」

「殿が、そうおっしゃるなら」

左衛門と弥生が小刀を抜き、後ろ手に縛った縄をつぎつぎに切った。

四人は手首をこすりながら、きょとんとしていた。

文史郎は立ち上がった。

「殿、裏口から出ましょう」左衛門がいった。

「いや、表から堂々と出よう。我らは何も悪いことをしているわけではないからな」

「なるほど。そうですな」

左衛門はうなずいた。

弥生も大門も、文史郎に賛成した。

小島や忠助親分たちも文史郎のあとに続いた。

「……我々もサムライの端くれでござる。卑怯な真似をするつもりはない」

四人のうちの一人が、文史郎の背に声をかけた。文史郎は足を止めた。

「二人は船に移されたときいた」

「どこにある船か？」

「それ以上は知らない」

弥生は振り返った。

「ありがとう」

弥生は頭を下げて一礼した。四人も慌てて頭を下げて答礼した。

二人は船に監禁されているのか？

文史郎は歩きながら、なるほど、と思った。

海に浮かぶ船なら、おせいとさなえは、容易には逃げられない。

文史郎は堂々と胸を張って仕舞屋の玄関を出、通りを歩き出した。通りの先から話をしながら歩いて来る浪人たちとすれ違った。浪人たちは話すのをやめ、文史郎たちに道を開いた。

七

「玄馬、おぬしの力が必要なのだ。ぜひ、貸してくれ」

井上九之介は、しきりに懇願した。

玄馬はしばらく黙っていたが、仕方なくうなずいた。

「よかった。それでこそ、俺の親友だ。これから見せたいものがある。いっしょに来てくれ」

井上九之介は上機嫌にいい、遊女屋を出ると、玄馬の先に立って歩いた。やがて、小名木川の二つ橋の船着き場に下りた。そこには、一艚の屋根船が待っていた。船の障子戸が開けられ、玄馬は井上に促されるままに船内に乗り込んだ。

「どこへ行く?」

「それはお楽しみにしておいてくれ」

井上はにこやかに笑みを浮かべていった。

二人が船に乗り込むと、船頭が竿を突いて、船を出した。

掘割端の桜の花びらがひらひらと舞い、船内に入って来る。

玄馬は覆面を脱ぎ、桜を見上げた。掘割の水面を渡る風は冷たく、玄馬の肌には心地よかった。

井上は桜を見ながらいった。

「玄馬、旭屋誠ヱ衛門め、とうとう音《ね》を上げ、屋根に承諾の赤い幟を立てたぞ」

「それは、どういう意味があるのだ?」

「そうか。玄馬には、まだ話してなかったか。天誅隊の同志たちには、すでに話してあるので、おぬしにも話してあるとばかり思っていた」

「俺は、前にもいったが、おぬしたちの同志ではない」

井上はにやっと笑った。

「そう堅いことをいうな。おぬしと俺は義兄弟の契りを結んだのだろう？　それは同志ということでもある」

「………」

玄馬は、それは違うと思ったが、口に出してはいわなかった。

都にいたとき、玄馬は人目を避け、いつも夜の街を彷徨《さまよ》っていた。酒に溺れ、闇夜で気晴らしに剣を振るい、大勢の人を斬った。

あの夜も、酒をくらい、祇園の街をあてどなく彷徨っていた。そこで、新選組に追われた井上九之介にばったり出会ったのだった。井上は斬られ、手負いだった。

玄馬は井上を庇って、新選組の隊士たちを斬り払った。井上のいうままに隠れ家に運んだ。そこは長州尊攘激派の浪人たちの巣だった。

玄馬は、そこで初めて、井上たちに人間として扱われた。それ以来、玄馬は井上の友人であるとともに、義兄弟の誓いを立てた。

だが、井上たちの主張する尊皇攘夷は、玄馬の心に響かなかった。だから、同じ志を持つとはいえず、同志ではない、と玄馬は思っていたのだ。

「俺の計画を話そう。俺は長州藩が単独で行なった攘夷戦争に呼応し、江戸で破約攘夷をやろうとしているんだ」

「破約攘夷？　どういうことなのだ？」

「朝廷は幕府に攘夷戦争を要求している。だが、幕府は開国を急ぐあまり、攘夷をやろうとしない。長州藩は朝廷の要求通り、下関で関門海峡を通る外国艦船に砲撃し、幕府が勝手に結んだ不平等な通商条約を破約攘夷せんとした。いかんながら、破約攘夷はまだ成らないが、それは長州だけしか攘夷戦争をやっていないからだ。関門だけでなく、日本全国で攘夷戦争を行なえば、必ず破約攘夷は成る。そう思わないか？」

「俺には、そんな政治の話は分からない。おまえがいうことだから、そうなのだろう、と信じるだけだ」

「ははは。それでいい。俺を信じてくれれば、それでいいさ」

井上は愉快そうに笑い、玄馬の肩を叩いた。

二人が乗った屋根船は大川の河口から出て、江戸湾を南に進んだ。

江戸湾の海は凪いでいて、ほとんどうねりもなかった。屋根船はやがて芝浦の沖にさしかかった。

芝浦の沖には、無数の弁才船が停泊していた。

井上は望遠鏡で、それら弁才船を覗いていた。やがて、井上は船頭に、何ごとかを告げた。

船頭は船の舳先を一隻の弁才船に向けて櫓を漕ぎ出した。

「九之介、破約攘夷といったが、いったい江戸で何をやろうというのだ？」

玄馬は井上を少しでも理解したくて質問したのだった。

「玄馬、おぬしだから特別に教えよう。間もなく、フランスからの貨物船が横須賀にやって来る。横須賀に幕府は製鉄所を造ろうとしているのだが、その貨物船には、製鉄所を建設するための資材が積まれている」

井上はじろりと玄馬を見つめた。

「その貨物船を爆破したら、どうなる？」

「幕府は製鉄所を造れない」

「そうだ。製鉄所ができなければ、幕府は武器を作ることができない。ということは、幕府は武器弾薬を異国に依存することになり、自前の軍事力を育てることができない。つまりは、強大な軍事力を持つことができない。となれば、長州藩にとって幕府は脅威ではない」

「ふうむ」

「その一方、幕府のお膝元で、フランス船が爆破されたら、フランスは激怒するだろう。フランスは高額な賠償を幕府に要求して来るだろうし、他方で、フランス船爆破は、破約攘夷戦争の狼煙《のろし》を上げることになる。いわば、一石三鳥の計画になる、というわけだ」

「しかし、フランス船を、どうやって爆破するのだ？」

「それが秘策中の秘策なのだが、おぬしに教えておこう。廻船を使うのだよ」

「廻船を使う？」

「そう。旭屋の廻船は大量の爆薬を積んでいる。その廻船に火をかけて、フランス船に衝突させるのさ。フランス船は鉄鋼船で頑丈だから、ただ木造船の弁才船をぶつけても沈むことはない。だが、爆発物を大量に積んだ船だったら、いかな頑丈な鉄鋼船でも横腹に穴が開こう。そうなったら、フランス船は海底の藻屑《もくず》となって沈む」

「しかし、大量の爆発物を積んだ船はどこにあるのか？」

「それが、あるのだよ。しかも身近に」

井上は端正な顔を少し歪めて笑った。

「どこに？」

「目の前にさ」

井上は開け放った障子戸の外に手を拡げた。

そこには、千石船やら弁才船が何十艜も帆を下ろして停泊していた。

「これらの廻船の中に、武器弾薬を大量に積んだ旭屋の廻船があるんだ。まだ、どの船かは分からないが、多数の船に紛れ込ませてあるんだ。その廻船を乗っ取り、横須賀に回航し、フランス船が来るのを待ち受ける。そして、フランス船が来たら、バンだ」

井上は両手で柏手を打った。

「しかし、どうやって、旭屋の廻船を入手できるのだ?」

「それが、できるんだ。人質と交換に、旭屋誠ヱ衛門は、武器弾薬を大量に積んだ廻船を寄越すといって来たのだ。それが、赤い幟の承諾の合図だ」

井上は哄笑した。

「……人質を取ったのは気に食わぬな」

「卑怯だというのだろう?」

「うむ。いくら大儀のためといっても正しいやり方とは、思えないな」

「いいか。玄馬。旭屋誠ヱ衛門は、幕府だけでなく、長州や薩摩、土佐や肥前など、見境もなく武器を売り付ける節操のない武器商人だ。戦争で腹を肥やしている死の商人だ。そんな旭屋誠ヱ衛門から人質を取っても、俺の良心は痛まない。むしろ、誠ヱ衛門の自業自得だと思っている。己が撒いた種は、己が刈り取れ、という気分だな」

船は一隻の弁才船に横付けしていた。

弁才船の船縁から、何人かの人の顔が覗いていた。

縄梯子が下ろされた。船頭が縄梯子を手で押さえた。

「玄馬、この船に乗り移ってくれ」

「うむ」

玄馬は覆面をした。杖を小脇にし、縄梯子に取りついた。

玄馬は縄梯子を捩登《よじのぼ》り、船に上がった。

弁才船にしては珍しく船倉が甲板で覆われていた。船倉への階段が操舵輪の後ろに付いている。

普通の弁才船は甲板がなく、船倉が丸見えになっている。荷物をできるだけ多く積むため、甲板がないのだ。その代わり、船体が大波を被ると、甲板がないため、積み荷はずぶ濡れになる。

二人の浪人者が玄馬を迎えた。無言だった。挨拶の声もかけない。

玄馬の後ろから、井上が縄梯子を捩登って来た。

「おう。井上さん。おいでになりましたか」

「船の生活は退屈でしてね。飽き飽きしていたところです」

井上は二人の浪人と親しげに挨拶を交わした。ついで玄馬を二人に紹介した。

「この二人は、遠藤巻之助《まきのすけ》と山門泰蔵《たいぞう》。いずれも、天誅隊の同志だ」

「よろしく」

二人は玄馬の火傷を負った顔を見、互いに顔を見合わせた。侮蔑した顔で玄馬に挨拶した。

「遠藤巻之助も山門泰蔵も長州っぽだ。遠藤は柳生新陰流皆伝。山門は真性流の皆伝だ。それで、旭屋で用心棒をしていた」

「井上さん、あんたが、旭屋に我々を押し込んだのだろう？　この日が来るのに備えて」

遠藤が口許を歪めて笑った。山門も笑いながら頭を振った。

「はじめから、こうなると知って狙っていたのですよね」

「下のお客さんたちは？」

「至極元気ですよ。ようやく諦めて、泣き喚くのはやめました」

「一発二発殴ったら、おとなしくなって」

山門と遠藤は、にやにや笑った。

「あんまり、わしらを口汚く罵《ののし》るんでね。ちょっと脅しただけですよ」

「なに、殴ったのか？」

「絶対に手を出すなと、あれほどいっておいたはずだ」

「へいへい。分かってます。でもね、井上さん、女でも、あまり生意気をいうと、腹が立ちますよ」

「どうせ、二人とも処分するんでしょ？　我々もちょっと楽しませてほしいですな」

遠藤は頰を歪めた。

「おのれら！」

井上はいきなり遠藤の襟首をむんずと摑んだ。平手打ちの音が数発響いた。

ついで、井上は山門泰蔵の襟首も摑み、山門の顔を平手打ちした。

「二人とも、女に手を出すな、とあれほど申しつけたはずだ。大事なお客さんだ。丁重に扱えといったはずだ」

「はい。すいません」

二人は頰を撫でながら、頭を下げて謝った。

「玄馬、もし、こいつらが、お客さんに手を上げるようなことがあったら、斬ってよし」

井上は憮然とした顔でいった。

「………」

玄馬はなんとも答えず黙っていた。

「おまえたち、今日から玄馬を、この船を仕切る頭《かしら》と思え。いいな」

「はい」「はい」

二人は悄気返《しょげかえ》った。

「玄馬、さっきいった人質がこの下にいる。見るか？」

「………」

井上は玄馬の返事もきかず、船倉への階段を下りて行った。玄馬は井上のあとに続き、急な階段を下りた。

船倉の中は出入口からの光しかなく、薄暗かった。

井上は船倉の奥へ足を進めた。

「おせい殿」

菰包みの陰に人の動く気配があった。

「すまなかった。あいつらに厳しくいっておいたのだが。今度、新しい男を紹介する。玄馬だ」

目が闇に慣れるにつれ、暗闇の中に娘子を抱いた女が蹲っているのが見えた。

「おせい殿と、娘子のさなえだ。優しく扱ってくれ」

井上は玄馬にいった。

「…………」

玄馬は無言のまま、女と娘子の影を凝視した。二人は息を殺して、玄馬を睨んでいた。

「おせい殿、いま少しの辛抱だ。さなえも、おとなしく、この玄馬おじさんのいうことをきくんだよ」

女も娘子も声に出して答えなかった。

「では、玄馬、それがし、ちょっと旭屋へ交渉に行って来る。夜になる前には、戻れると思うが、ここをよろしく頼む」

「うむ」

玄馬はうなずいた。井上は階段を上がり、船倉を出て行った。

玄馬はおせいとさなえが潜む暗がりに近付こうとした。

「近寄らないで。寄ったら、死にます」

おせいの声が響いた。それとともに、さなえの泣きじゃくる声がきこえた。

「…………」

玄馬は、それ以上は近寄らないで、手前に積まれている菰包みを一つ転がし、その上に腰掛けた。

杖を抱える格好で、その場にしゃがみ込んだ。

階段の上から、遠藤と山門の顔が船倉を覗いた。

「玄馬どの、どうだい、上にあがらんか」

「酒がある。いっしょに飲もう」

二人の誘いの声がきこえた。

玄馬は無視して目を瞑った。

風が出て来た。船体がうねりに揺られて、ゆっくりと上下している。

遠藤と山門は諦めて、甲板で酒盛りをしている様子だった。

泣きじゃくっていた声が無くなった。母親の子守歌がきこえた。

八

文史郎たちが品川宿から、猪牙舟に分乗し、旭屋の船着き場に帰ったのは、その日の午後遅くになってのことだった。旭屋の店の屋根には、赤い幟が立てられてあった。

母屋の座敷に落ち着いた文史郎のところに、番頭の佐平が慌ただしくやって来た。

「相談人様、ちょうどよかった。どうやってご連絡しようか、としていたところでございました」

佐平は文史郎の前にへなへなとしゃがみ込んだ。

左衛門が笑いながら話しかけた。

「番頭さん、いかがいたした？　また何か起こったというのか？」

「そうなのです。今度は、だ、旦那様が連れ去られたのです？」

「なに、誠ヱ衛門殿がいかがいたしたというのだ？」

「お昼前のことです。突然に店に天誅隊と称する十人ほどの浪士たちが現れたのです。それで、その総隊長の井上九之介を名乗る男が、旦那様に面会を求めて来たのでございます。赤い幟を見た。さっそくに隠し荷を受け取りに参ったと」

小島啓伍が呻いた。

「天誅隊が現れただと？　大胆不敵な」

文史郎は佐平に訊いた。

「誠ヱ衛門殿は、その井上九之介に会ったのか？」

「はい。旦那様は、隠し荷を渡すから、人質にされている奥様とさなえ様をすぐに返せと申しておられた。すると、井上は、よかろう、隠し荷を渡してくれれば、すぐに返すといったのです」

「うむ。それで？」

「では、隠し荷を隠してある場所へ、案内しろ、となって、旦那様を連れて行ってしまったのです」

佐平はぶるぶると身震いしていた。

「佐平、しっかりしろ。それで、誠ヱ衛門は、どこへ連れて行かれたのだ？」

「いえ。正確には、旦那様が井上たちを隠し荷のところへ案内するために出て行ったのです」

文史郎は身を乗り出した。

「それで、佐平、隠し荷を隠してある場所というのは、たしか船であったな？」

「はい、船でございます」

「佐平、おぬしは、その船がどこに係留されておるのか、存じておろうな」

「はい。もちろんです。旦那様は、井上たちを連れて、伝馬船に乗り込んだとき、私にさりげなく親指を上げて合図をしたのです。私たちの間で、親指を上げる合図は、事の次第を相談人のお殿様に知らせろ、ということになっていたのです」

「そうか。それで、その隠し荷を載せた船の名は、なんと申すのだ？」

「まずは旭丸《あさひまる》にございます。それから、第二旭丸、曙《あけぼの》丸、第二曙丸。いずれも改造廻船にございます」

「なんと、四隻もあるのか」

「はい。改造廻船は、船倉に甲板をかけて覆うので、通常の廻船よりも積み荷の量が少なくなる。そのため、従来なら一隻に積む量の荷が、倍の二隻を用意しなければ積むことができないのです」

「その改造廻船と申すはなんなのだ？」

「通常の廻船や千石船を大幅に補強改修したものにございます。甲板、それも上甲板、下甲板で船倉を覆い、波を被っても船倉に浸水しない構造としてあるのです。かつ、最新の蒸気機関を設置したのです。帆船としてでなく、いい風がなくても、補助推進機関によって、船を進める。異国船に似せた構造の機帆船にございます」

　左衛門が文史郎にささやいた。

「すぐにでも、誠ヱ衛門殿を救い出しに行かないと、誠ヱ衛門殿も新たな人質になりかねませんぞ」

「そうだな。分かった。我らも彼らのあとを追おう」

文史郎は佐平に、

「佐平、誠ヱ衛門が井上たちを連れて行った船に、我らも案内してくれ。なんとか、誠ヱ衛門殿を連れ戻さねばならん」

「はい。分かりました。ご案内いたします」

佐平はうなずき、よろめきながらも立ち上がった。

文史郎は、弥生や大門、小島たち忠助親分、千吉親分を見回していった。

「きいての通りだ。皆、今度は誠ヱ衛門を救い出しに行く。出発するぞ」

座敷に集まった面々は、さっそくに母屋を飛び出した。庭を駆け抜け、船着き場へと急いだ。

折から、船着き場には一艘の猪牙舟が到着したところだった。

猪牙舟に乗っていた二つの人影が、あいついで桟橋に移ったかと思うと、文史郎に駆け寄った。

「殿、殿、どちらへおいでになられる？」

玉吉と音吉だった。

「おまえたちこそ、どこへ」

「見付けました。人質の二人が監禁されている廻船を見付けたのです」

「間違いないか」

文史郎は左衛門と顔を見合わせた。

「はい。深川の井上の隠れ家から、井上と玄馬の二人が乗った船を尾行したら、人質がいる廻船に辿り着いたのです」

「間違いありません。この目と耳で、女と娘子の二人が船倉に閉じこめられているのを確かめてあります」

玉吉と音吉があいついでいった。

大門が玉吉と音吉の肩を叩いた。

「よおし、でかした」

「文史郎様、さっそくに、まず人質を取り返しに行きましょう。そうすれば誠ヱ衛門殿を取り戻すのも、安心してとりかかれましょう」

弥生が叫ぶようにいった。小島も大声で賛成した。

「それがしも、弥生殿のいう通りだと思います」

文史郎はうなずいた。

「皆、よくきけ。人質のいる船が判明した。まずは人質を奪い返す。人質を解放して、身柄を無事確保してから、誠ヱ衛門を救いに行く」

　左衛門が頭を振った。

「殿、それでは遅そうございますぞ。天誅隊に、爆発物や弾薬を積んだ廻船を乗っ取られる。それはなんとしても防がねばなりますまい。しかも、佐平の話では、廻船は四隻もある。とても、我らだけでは手が回りませぬ」

「では、どうする？」

「ここは、佐平殿に船手組の船見番所に駆け込ませ、船手組に天誅隊を一網打尽にしてもらう方がいいと思いますが」

　船手組は御船手奉行の下、江戸湾全般の警備、治安を担う機関だ。海の不法者を取り締まる奉行所である。

「大門、小島、いかがに思う？」

　小島も大門も賛意を示した。

「我々は人質救出に全力をあげ、天誅隊は船手組に任せるべし」と
「よし。佐平、これから、急ぎ、船手組の番所へ行け。事情を説明し、捕り手を出してもらえ」

「心得ました。ではさっそくに船手組の番所に駆け付けます」

佐平は店の方に走り出した。船手組の船見番所は、浜御殿をはじめ、江戸湾の随所にある。

「では、我らは人質救出に向かう。いいな」

「おう」

みんなが声を上げて応じた。

「玉吉、人質を乗せた船はどこにあるのだ？」

「この芝浦の沖に停泊している弁才船の一隻です」

「船の名は」

「弁天丸《べんてん》」

「誰の所有する船だ？」

「長州藩船です」

文史郎は唸った。

分かりやすい連中だ。馬脚《ばきゃく》を現している。

「船には、何人ぐらいの天誅隊がいる？」

「三人です。ほかは出払っているようです。船頭、船手もいない」

「願ってもない好機だな」

「しかし、その三人の中に玄馬がいます」

「玄馬か」

「その船に、玄馬は上がったまま下りて来ず、井上九之介だけが屋根船で芝浦のどこかに消えました」

「玄馬のほかの二人は、腕が立つ侍か？」

「残る二人は、あの旭屋からとんずらした二人の元用心棒です」

「遠藤と山門か」

文史郎は大門、弥生と顔を見合わせた。

「よし、敵の正体は判った。これより、三隊に分かれ、三艚に分乗して、人質解放に向かう。船には、船尾、左舷、右舷の三ヶ所から攻め込む。方法はそれぞれの隊が工夫しろ」

文史郎はてきぱきとみんなに指示を与えた。

「第一隊は先鋒、大門が指揮を執れ。音吉が案内役。千吉親分と捨三、政がつけ。

第二隊は中堅、左衛門が隊長、小島が副隊長だ。忠助親分と末松。

第三隊しんがりは、それがしが指揮を執る。弥生と玉吉は、それがしといっしょに行動しろ」

「はい」

弥生は喜色満面にしてうなずいた。

玉吉もにっと笑った。

「なお、玄馬は、それがしが対応する」

文史郎は大声でいい、出発と叫んだ。それを合図に、みんなはそれぞれの猪牙舟に向かって駆け出した。

九

玄馬は船倉の中の積み荷に背を凭れ、うつらうつらしていた。昨夜はほとんど眠っていなかった。その疲れと眠気が、どっと押し寄せて来たらしい。

薄暗い船倉の中は、舳先から船尾まで、かなり広い。玄馬は、舳先側にいるおせいとさなえから離れ、船尾の方の暗がりにいた。

午後も遅くなり、日が陰りはじめていた。船倉内も次第に暗さを増していた。

玄馬は、ふと人が船倉に忍び込む気配を感じ、聞き耳を立てた。

足音を忍ばせ、階段を一歩一歩下りて来る。

玄馬は刀を探した。置いたはずの場所にない。

あの二人が隠したな、と玄馬は思った。あやつら何かをしでかすつもりだ。

抱えていた杖を手に握った。

みしっと舟板を踏む音がして、暗がりにぬっと男の影が立った。抜き身が鈍い光を放っている。体付きから山門泰蔵と判じた。

もう一つの遠藤の影が舳先の方に忍び寄って行く。

二人の企みを玄馬は悟った。

いきなり、女の悲鳴が上がった。娘子の怯えた泣き声が起こる。

「……ええい。おとなしくせい」

遠藤の影がおせいを襲っている。

「いやああ」

おせいが、のしかかる遠藤を撥ね除けようと必死に抗っていた。

「おぬしら、人質に何をする」

玄馬は杖を持ち、二人の影に怒鳴った。

「玄馬、おとなしくして、黙っておれ。最後には、おまえにも、女を味合わせてやる。おぬし、その顔では女にもてぬであろう。おせいにせいぜい可愛がってもらえ」

山門の影が鄙猥な笑い声を立てていった。

「遠藤、すぐにやめろ。やめねば、斬る」

「へ、刀はおれが預かった。刀なしで、どうやって斬るというのだ？」

山門の影がいった。

遠藤の影が、小さな娘の影を横に放り投げ、おせいにのしかかった。

「いやああ」

おせいの悲痛な叫び声が上がった。

「……許せぬ」

玄馬は片膝立ちになり、杖を構えた。

山門泰蔵が抜き身を玄馬の前に突き出した。

「玄馬、斬られたいか」

玄馬の杖が回転し、山門の首を襲った。

「たわけが」

山門が刀で杖を受けようとした。杖から刃が飛び出し、一閃、山門の首を掻き斬った。山門の動きが止まった。一瞬の間があった。

山門の軀がどうっと倒れた。

異変を感じた遠藤が、おせいの軀から離れ、振り向いた。

「山門、どうした？」

玄馬の軀が遠藤に流れるように走り寄った。また杖が回転して飛び遠藤の首を掠めた。杖から飛び出た刃が遠藤の喉元を切り裂いた。

遠藤はうっと唸ったあと、喉元を抑えたまま、崩れ落ちた。

一呼吸の間が経った。

玄馬は杖から飛び出していた刃を懐紙で拭い、折り畳んで杖に仕舞った。

噴き出た血の臭いが船倉に充満した。おせいの影が凍り付いたように動かなかった。さなえも泣き止んだ。二人とも何が起こったのか、分からずにいるようだった。

「おせい殿、すぐに娘子を連れて、ここを出なさい」

おせいは、軀がすくんでいるらしく、返事もできないでいた。

玄馬は徐《おもむろ》に娘のさなえに手を伸ばした。さなえを怖ず怖ずと抱きかかえた。

「さあ、井上九之介たちが、いつ戻るか分からない。おぬしたちはここを出るんだ。いいな」

玄馬はおせいにも手を伸ばした。おせいのやわらかな手を握り、引き起こした。おせいの影は急いで、着物の乱れを直した。

玄馬はさなえを抱え、おせいの手を引いて階段に促した。

階段の上がり口から眩い陽光が玄馬の目を射った。

玄馬の火傷を負った醜い顔が露《あらわ》になった。腕に抱かれたさなえが、まじまじと玄馬の顔を見つめていた。

玄馬はさなえを優しく見つめ直した。

「恐いか?」

さなえは首を左右に振った。

おせいは恐れて玄馬の手を離した。

玄馬は舷側に立って見下ろした。縄梯子が掛かっている。下に小舟が一艚、縄梯子に結ばれていた。

「下りろ」

玄馬はおせいに縄梯子を下りるように促した。おせいは、恐ろしがって頭を左右に振った。

「では、拙者が先に下りる。下でおぬしが降りるのを支える。いいな」

玄馬はさなえを背に回して背負った。

「しっかり摑まっておるのだぞ」

玄馬は舷側を乗り越え、縄梯子に取りついた。縄梯子を下がり、小舟に降り立った。

さなえを舟底に座らせ、上を見た。

「さあ。勇気を出して」

玄馬はおせいに弓の姿を見た。

大丈夫。俺がついている。足許を見ると、さなえが玄馬の裾にしがみついていた。

玄馬はさなえにお幸の面影が重なって見えた。

お幸！

上で着物の布擦れの音がした。

玄馬は縄梯子を押さえ、恐る恐る降りてくるおせいを見つめた。おせいは死んだお弓にそっくりに見えた。白いうなじがお弓を思い出させる。

おせいは小舟に降り立つと、小舟が揺れた。おせいが玄馬に縋り付いた。芳しい匂いが玄馬の鼻孔に漂った。

お弓！

玄馬はおせいの背に手を回した。抱きしめたかった。だが、抱く手を止めた。

「ありがとうございます」

おせいは、はっとして玄馬の軀から離れた。

おせいとさなえの二人では小舟を漕ぐことは出来そうになかった。

「おぬしたちを陸まで送ろう」

玄馬は縄梯子に結ばれていた舫い綱を解いた。船尾に立ち、杖で弁才船の船腹を押した。小舟はゆっくりと弁才船を離れた。

玄馬は櫓を漕ぎ出した。はじめはゆっくりと、次第に強く、そして早く。

「おじちゃん、ありがとう」

さなえが玄馬に笑いかけた。その笑い顔がまたお幸の顔になった。

玄馬は目から溢れる涙を押さえることができなかった。


どこかで、おせいやさなえを呼ぶ声がした。

振り向くと、離れて行く弁才船に三艚の猪牙舟が三方から寄るのが見えた。弁才船の縄梯子を登る侍たちの姿があった。

小舟は真っすぐに陸地に向かって進んでいた。

十

「遅かったか」

文史郎は弁才船の船倉を見回した。

死闘の跡も生々しかった。血の匂いが充満して息苦しい。

玉吉と音吉が、床に転がっている死体を調べていた。

「殿、これは、高井周蔵殿たちがやられたのと同じ斬り口です」

「暗闇剣か」

二つの死体は、いずれも喉元をすっぱりと切られ、口を開けていた。

「文史郎様、おせい殿たちは、ここに監禁されていたようです」

弥生が船倉の舳先の方からいった。文史郎が覗きに行くと、そこに一組の蒲団が敷いてあった。手で触ると、つい先刻まで誰かが寝ていたぬくもりも感じる。

「遅かりし、由良之助《ゆらのすけ》だな」

文史郎は歌舞伎の台詞を口ずさんだ。

「殿、この刀、誰のものでござろうか」

小島が大小二振りの刀を携えて、文史郎に見せた。

「おそらく、この二人を斬ったのは玄馬。玄馬の姿がない、ということは、玄馬が人質を連れ出したことになる」

玄馬はおせいとさなえを逃がしたのか？

それとも、井上九之介のところへ連行したのか？

「殿、あれを」

大門が遠眼鏡で陸地の方角を眺めていた。

文史郎は大門から遠眼鏡を受け取り、目にあてて覗いた。

揺れる視界の中に、異形《いぎよう》の顔の男が櫓を漕ぐ姿が見えた。

「あれは玄馬だ」

「おせい殿たちもいっしょですぞ。どこへ連れて行くつもりでござろう？」

小舟には、女と娘子の姿があった。小舟はゆっくりと、旭屋の船着き場に向かっていた。

やがて、小舟は船着き場に着いた。店から番頭や女中たちが走り出て、おせいたちを出迎えている。

「ほほう、玄馬め、人質の二人を解放したのか」

「どうやら、そのようですな」

おせいたち二人を下した小舟は船着き場を離れて、品川の方に移動しはじめた。

「玄馬め、どうやらおぬしに借りができたか」

文史郎は唸り、遠眼鏡を大門に戻した。

「殿、あれは船手組の船では？」

小島が沖の方を指差した。

船手と書いた幟や旗を立てた船が、一斉に品川沖に向かって移動していた。いずれの船にも、大勢の捕り手たちの姿が見えた。その数は、ざっと二十隻。

品川宿や芝浦からも、船手の旗をはためかせた船が何艘も漕ぎ出されていた。

「殿、これで一安心ですな。あとは、誠ヱ衛門殿の無事を祈るだけでござる」

左衛門が傍らでいった。

しぶとい誠ヱ衛門のことだ。きっと難関を乗り越えることだろう、と文史郎は思うのだった。

十一

陽が落ち、寺の境内は黄昏に覆われはじめていた。玄馬は薄暗い僧房にひとり正座していた。

玄馬は、心安らかだった。

最後の最後に、己を取り戻したように思った。

おせいとさなえの姿に、お弓とお幸の姿を見たからだった。

さなえは、己の醜い顔を恐れなかった。「心優しいもの、恐くない」といってくれた。

玄馬は悔恨の気持ちで揺れた。あまりにも、大勢の人を殺めてしまった。これは死んでも死にきれない。天罰を喰らい死ぬのが相応《ふさわ》しい。

文机に向かい、書状に筆を走らせた。

文をしたため、封書の表に「果し状」と黒々と書き記した。

いま一度、文面を読み返した。

日付は、明日。

刻は、暮れ六ツ（午後六時）

場所は、上野寛永寺境内にて、お待ちいたし候。

玄馬は、丸窓から寺の境内に目をやった。

夜桜が咲き乱れている。いまや満開の花盛りだ。

寛永寺もきっと、この寺の境内の桜同様であろう。

境内の随所で篝火《かがりび》が焚かれ、薪の燃える炎に照らされた桜花が、燃え立つように白く映えている。

夜桜見物の宴の用意が整えられている。

玄馬は、文史郎ならば斬られてもよし、と思った。

それが、せめてもの罪滅ぼしだ。

玄馬は手鈴を鳴らし、寺の小僧を呼んだ。寺の小僧が駆け足で現れた。

「なんでございましょう？」

「この書状を、届けてほしい」

玄馬は小僧に封書を渡した。

小僧は恭しく封書を受け取り、廊下から消えた。

どこかで、夜鳥の鋭い鳴き声が響いた。

玄馬は、それが己の声のように感じた。

十二

夕闇があたりを包みはじめていた。

暮れを告げる鐘が鐘楼から朗々と鳴り響いていた。

約束の時刻になった。以後は、いつ何時《なんどき》、襲われるか分からない。

文史郎は一人、桜の木の下に佇んでいた。

上野寛永寺の境内には、桜が満開に咲き誇っていた。すでに盛りは過ぎ、ひらひらと花が散りはじめている。

花はさくら木、人は武士。

男として生まれ、武士として生きたいま、いつでも、死ぬ覚悟はできている。

文史郎は、ゆっくりと白い紐で襷をかけた。

白鉢巻きを額にあて、きりりと締める。

暗闇が次第に濃密さを増し、水がひたひたと押し寄せるように周囲を覆い出している。

文史郎は目を瞑った。顔を伏せ、静かに心眼を開いた。

闇夜の奥から、得体の知れぬ大きな生きものがゆらゆらと湧き上がり、文史郎に向かって寄せてくる。

文史郎は大刀の鯉口を切った。

暗闇剣には居合いでは対抗できない。一瞬の遅れが命取りになる。

中馬は死ぬ間際、「白い鳥は投げ餌……」といっていた。いったい、どういう意味なのか？　そのあとに続く言葉は「気をつけろ」なのか？

文史郎はすらりと刀を抜いた。右下段に、だらりと刀を垂らした。

暗闇剣、秘剣白鷺？

白鷺は川の浅瀬に脚を浸け、身じろぎもせず、じっと水面を窺う。獲物の魚が脚許に近付いても、まるで木にでもなりすましている。

そして、獲物が斬り間に入ったと見るや、細い嘴を水面に突き入れ、一瞬にして魚を啣える。

あの白鷺と同じ殺法なのか？

だが、投げ餌とは何なのだ？

暗闇があたりを覆いはじめた。漆黒の闇が文史郎の周囲を包んでいる。

わずかに桜の白い花が夜陰におぼろな影を浮かべている。

文史郎は、どこから来るのか、殺気が闇夜に隠れて身近に迫っているのを感じた。

右下段後方に構えた刀の嶺を返し、刃を上に向けた。

そのまま、じりじりと刀を引き、押し寄せる怒濤が波打ちぎわで、盛り上がるのに合わせる。

秘剣引き潮の構え。

来い。玄馬。勝負だ。

文史郎は心の中で叫ぶ。

暗黒の壁に向かい、心眼で探る。

一瞬、左手に白い物が飛ぶのが見えた。だが、文史郎は動じなかった。

文史郎は心眼で右手に人影が動くのを見た。左手に飛んだ白い物はまやかしだ。

右手から何かが来る！

いまだ！

文史郎は闇の中で襲って来る物に対して、波濤の勢いを乗せて、刀の切っ先を一気に引き揚げた。

秘剣引き潮返し。

刀に手応えがあった。何かが刀に絡まった。

強い力で絡めた何かが引かれる。

文史郎は逆らわず刀を握る手を放した。刀は暗黒の闇に吸い込まれた。

同時に何かが文史郎の喉元に襲いかかる。

文史郎は小刀を抜き、飛翔する物を叩き落とした。

落とすと同時に、文史郎は地を蹴って、己の刀が消えた闇に突進した。

闇の中で急いで何かを引いて戻そうとする気配を感じた。文史郎は、その気配に体当たりし、小刀で深々と斬り抜いた。

生臭い血飛沫《ちしぶき》が文史郎の顔にかかった。

文史郎は影から飛び退き、小刀を八相に構え、残心した。

「……文史郎、よくぞ破った暗闇剣」

玄馬の声が唸るようにいった。弱々しい声だった。

「死ぬには、いい夜だ……」

玄馬の声が途切れた。あたりに闇夜よりも深い闇が覆いはじめた。

「殿おお」

「文史郎さまあ」

「殿ぉ」

左衛門や大門、弥生の声が響いた。

門の付近に、何本もの松明《たいまつ》が揺らめき、足音がきこえた。

桜の花が、はらはらと舞い落ちる気配がした。文史郎の顔に桜の花びらが舞いかかる。

文史郎は近付いて来るわずかな明かりの中で、玄馬が跪いた格好で死んでいるのが見えた。

玄馬の手には一本の黒い紐が握られていた。

玄馬の傍らに文史郎の手放した大刀が転がっていた。大刀には黒い分銅の付いた紐がぐるぐると巻き付いていた。

文史郎は玄馬の手から紐を取った。紐は暗い闇に延びていた。紐を引いた。ずるずると紐を手繰り寄せると、地べたを草刈り鎌が転がりながらやって来た。鎌の刃は真っ黒に墨が塗られていた。

「殿、よくぞご無事で」左衛門が息急き切って駆け付けた。

「文史郎様、どうして、お一人でこちらに」

弥生は文史郎の胸に飛び込んだ。胸を両手でどんどんと叩いた。

「そうであったか。暗闇剣は、草刈り鎌でござったのか」

大門は足許に転がった黒い鎌と分銅を持ち上げて頭を振った。

文史郎は鎌を取り上げた。鎌の刃は杖に折り畳むことができる。折り畳むと玄馬がいつも持っていた杖になった。

文史郎は杖をさっと振った。黒い刃が音もなく現れ、鎌になった。

「殿、こちらにこんな物が枝に吊されてました」

小島が紐に吊した白手拭いを持って来た。

「これが白鷺の投げ餌だったのか」

文史郎は頭を振った。

この目眩ましの投げ餌に騙され、一瞬気を取られ、何人もの剣士が喉を掻っ斬られたのだ。

文史郎は勝った気がしなかった。もしかして、玄馬はわざと斬られたのかもしれない。それがしに、あの世への引導を渡してほしかったのかもしれない。

文史郎は、寛永寺の五重の塔に、手を合わせた。玄馬の成仏を祈った。

さらさらと音もなく、桜吹雪が降り注いだ。

桜吹雪の中に、文史郎は立ち尽くしていた。

十三

文史郎は、久しぶりに大川に釣り糸を垂らした。流れる川面には、桜の花びらが漂っていた。

無事に自宅に帰ったおせいと娘のさなえは、小宮山玄馬の死をいたく悲しんだ。

おせいもさなえも、玄馬が危ういところを救ってくれたことに、心からの感謝をしていた。

無縁仏として葬られた玄馬の墓地に、お花を供え、手を合わせるおせいとさなえの姿があった。

旭屋誠ヱ衛門は、無事、船手組の捕り手たちに救い出された。天誅隊の浪士たちは、船手組によってすべて捕縛された。ただ一人井上九之介だけを除いて。

どうやって、井上が重包囲された船手組の網の目を潜り抜けたのかは分からない。

小島の話では、井上九之介の名は偽名で、長州藩の正式の記録にはない、ということだった。

あの井上九之介、いったい何者だったのか？

考えてみれば、文史郎は井上九之介なる男に一度も会ったことがなかった。一度会ってみたかったものだ。

公儀隠密頭の中山左近からきかされた、フランス船爆破計画をはじめ井上が考えた陰謀の数々、それは驚嘆に値する。もしや、今後の日本の運命を左右しかねない傑物なのかもしれない。

そんなことを夢想していたとき、浮きがぴくりと引いた。大きい。

そう思ったとき、文史郎はすべてを忘れて、釣り竿を引き、魚との闘いに没頭していた。

だが、一瞬、釣竿の先は空《くう》を切って跳ね上がった。釣り糸は張りがなくなり、手応えが消えた。魚に逃げられたのだ、文史郎は天を仰いだ。

青い空に鳶《とび》が鳴きながら、大きな輪を描いていた。

時代小説
二見時代小説文庫

暗闇剣《くらやみけん》 白鷺《しらさぎ》 剣客相談人《けんかくそうだんにん》19

著者 森《もり》 詠《えい》

発行所 株式会社 二見書房
東京都千代田区三崎町二―一八―一一
電話 〇三―三五一五―二三一一［営業］
〇三―三五一五―二三一三［編集］
振替 〇〇一七〇―四―二六三九

印刷 株式会社 堀内印刷所
製本 株式会社 村上製本所

落丁・乱丁本はお取り替えいたします。
定価は、カバーに表示してあります。

 ISBN978－4－576－17039－8
http://www.futami.co.jp/

森 詠
忘れ草秘剣帖1～4
剣客相談人1～19

浅黄 斑
無茶の勘兵衛日月録1～17
八丁堀・地蔵橋留書1～2

麻倉 一矢
剣客大名 柳生俊平1～5

井川 香四郎
とっくり官兵衛酔夢剣1～3

大久保 智弘
御庭番宰領1～7

沖田 正午
殿さま商売人1～4
北町影同心1～4

風野 真知雄
大江戸定年組1～7
はぐれ同心 闇裁き1～12

喜安 幸夫
見倒屋鬼助 事件控1～6
隠居右善 江戸を走る1～2

倉阪 鬼一郎
小料理のどか屋 人情帖1～19

小杉 健治
栄次郎江戸暦1～17

佐々木 裕一
公家武者 松平信平1～15

高城 実枝子
浮世小路 父娘捕物帖1～3

早見 俊
目安番こって牛征史郎1～5
居眠り同心 影御用1～22

幡 大介
天下御免の信十郎1～9

花家 圭太郎
口入れ屋 人道楽帖1～3

聖 龍人
夜逃げ若殿 捕物噺1～16
火の玉同心 極楽始末1

氷月 葵
公事宿 裏始末1～5
婿殿は山同心1～3
御庭番の二代目1～3

藤 水名子
女剣士 美涼1～2
与力・仏の重蔵1～5
旗本三兄弟 事件帖1～3
隠密奉行 柘植長門守1～2

牧 秀彦
八丁堀 裏十手1～8
孤高の剣聖 林崎重信1～2

森 真沙子
日本橋物語1～10
箱館奉行所始末1～5
時雨橋あじさい亭1～2

和久田正明
地獄耳1～2